Master Han Shan wurde 1951 als Hermann Ricker in Hessen geboren. Im Alter von 23 Jahren wanderte er nach Asien aus. Dort gründete er 1978 seine erste eigene Firma und wurde ein erfolgreicher Manager. 1995 entschied er sich, buddhistischer Mönch in Thailand zu werden. Nach zehn Jahren legte er die Mönchskutte wieder ab und führt nun ein Retreat Center in Thailand, in dem er Menschen anleitet, die universelle Wahrheit in sich selbst zu entdecken. Er nahm den Namen Han Shan an, was übersetzt »großer Berg« bedeutet.

Besuchen Sie den Autor auf seiner Homepage: www.master-han-shan.de

Weitere Titel des Autors:

Das Geheimnis des Loslassens

Der vorliegende und der vorgenannte Titel ist auch als E-Book bei Bastei Lübbe lieferbar.

Master Han Shan

Wer loslässt, hat zwei Hände frei

Mein Weg
vom Manager zum Mönch

lübbe

Vollständige Taschenbuchausgabe
der im Gustav Lübbe Verlag erschienenen Hardcoverausgabe

Bastei Lübbe Taschenbuch und Gustav Lübbe Verlag
in der Bastei Lübbe GmbH & Co. KG

Lektorat: Angela Kuepper, München und Daniela Jarzynka
Titelbild: © Olivier Favre
Umschlaggestaltung: Guter Punkt, München
Fotos Bildtafelteil: © Master Han Shan
Autorenfoto: © Master Han Shan
Satz: Bosbach Kommunikation & Design GmbH, Köln
Gesetzt aus der Adobe Caslon

Printed in Germany
ISBN 978-3-404-60204-9

Sie finden uns im Internet unter
www. luebbe.de
Bitte beachten Sie auch: www.lesejury.de

MIX
Papier aus verantwortungsvollen Quellen
Paper from responsible sources
FSC® C105338

Dauerhaftes Glück können wir nur in uns selbst finden und verankern. Wenn wir das wahre Glück in uns selbst realisiert haben, dann haben wir es bei uns, wo immer wir auch sind und was immer wir auch tun.
Unser Wohlbefinden ist nicht mehr abhängig von äußeren Umständen und Begebenheiten. Wir sind wahrhaftig frei.

Vorwort

Ist es möglich, dauerhaftes Glück in uns zu verankern?
Können wir inneres Wohlbefinden erlangen, das nicht von äußeren Umständen abhängt?
Gibt es wahres Glück, das nur uns alleine gehört?

Über einen langen Zeitraum hinweg wurde in unserer Gesellschaft das Streben nach materiellem Reichtum gleichgesetzt mit Glück, Wohlbefinden und Sicherheit. Hat andererseits aber nicht gerade das Verlangen nach immer mehr materiellem Wohlstand und dem Festhalten daran uns zu Sklaven dieses selbst kreierten Systems gemacht, das all unser Denken und Handeln bestimmt? Was gehört uns denn wirklich?

Hat uns die neueste Krise nicht wieder einmal deutlich gezeigt, dass materieller Besitz im Grunde nichts als eine Illusion ist und uns lediglich eine scheinbare Sicherheit verleiht? Wer heute noch viel besitzt, kann es morgen schon verlieren. Und mitnehmen können wir nach unserem physischen Tode keines von den angehäuften Gütern.

Und überhaupt: Wer weiß schon, was im nächsten Moment passiert? Kann es überhaupt jemand wissen? Ist die Zeit nicht endlich reif, ehrlicher mit uns selbst zu sein und einzugestehen, dass wir es eigentlich nicht wirklich wissen können? Diese Erkenntnis gründet auf Weisheit. Das Wissen um das Nichtwissen anzuwenden, damit richtig umzugehen, ja, sein Leben danach auszurichten, ist die hohe Kunst der Lebensführung.

Wahres persönliches Glück und Wohlbefinden können nur in jedem Einzelnen begründet werden. Den Schlüssel zum Glück trägt jeder bei sich, auch wenn er es nicht weiß. Die Entscheidungsträger der Gesellschaft, in welcher Position auch immer, sollten danach trachten, ein Umfeld zu gestalten, das es jedem Einzelnen ermöglicht, diesen Schlüssel bei sich selbst zu finden. Zugleich sollten wir nicht darauf warten, dass uns andere Menschen diesen Schlüssel in die Hand geben. Wir sollten stattdessen anfangen, ihn bei uns selbst zu suchen um neue Türen zu öffnen und wahre Erkenntnisse und ethische Werte in uns wachzurufen und zu verankern.

Als ich in den Siebzigerjahren nach Asien ging und meine erste Firma gründete, herrschte eine wirtschaftliche Aufbruchstimmung. Fasziniert von dem Zusammenhalt und der Flexibilität der Menschen in Singapur, versuchte ich, mich auf die örtlichen Gegebenheiten einzulassen, statt meine Angestellten und Arbeiter in eine ihnen fremde Struktur zu pressen. Ich tauchte ein in die östliche Lebensweise, und im Gegenzug erschlossen sich mir völlig neue Perspektiven. Menschen in ärmeren Regionen Asiens zeigten mir, dass Glück eben nicht immer mit unserer Vorstellung von Wohlstand oder Reichtum einhergehen muss. In ihren einfachen Hütten, die nur notdürftigen Schutz vor Regen und Sonne boten, und mit nicht mehr zu essen, als die Natur rundum ihnen gab, strahlten sie eine tief verinnerlichte Freundlichkeit und Zufriedenheit aus, die ich in meinem früheren Leben in Deutschland oft vergebens gesucht hatte. Jeder half jedem auf irgendeine Art, denn jeder fühlte sich mit dem anderen verbunden.

Diese Beobachtungen führten dazu, dass ich in meiner Firma die Grundzüge eines ethischen Managements umsetzte, das meinen Mitarbeitern und mir Erfolg sowie ein hohes Wohlbefinden bescherte. Ich war im Fluss, und was immer ich anpackte, gelang. Schon damals ging es mir nie um Profit um des Geldes willen. Es war stets mein Bestreben, Geschäfte im Einklang mit allen Beteiligten zu tätigen, und der Profit war lediglich das Resultat diese Haltung.

Während mein Unternehmen expandierte, häufte ich Besitztümer an, die das Leben angenehm machten. Ich wurde zum sogenannten Millionär, und auch die Menschen, die in meinen Firmen arbeiteten, hatten ihren Anteil am Wohlstand.

Dass all der äußere Reichtum mir in Wahrheit nichts brachte und im Grunde genommen nur eine Illusion war, erfuhr ich eines Nachts, als ich mit meinem Jaguar unterwegs war und einen schweren Autounfall hatte. Mein Wagen überschlug sich mehrfach, Fenster splitterten, und das Blech drückte sich rund um mich herum ein. Ich selbst blieb völlig unversehrt.

Von diesem Augenblick an war nichts mehr so, wie es noch Sekunden zuvor gewesen war. Ich fragte mich plötzlich, was im Leben wirklich wichtig ist. Die Antwort darauf fand ich, als ich alles, was mir gehörte, fortgab und als Bettelmönch auf einer Insel fernab von Business und Konsum lebte. Dort wurde ich wirklich reich.

Mein Weg mag extrem gewesen sein. Für mich funktionierte er nur so. Doch nicht jeder, der sich auf die Suche nach innerem Reichtum begibt und sich dem zuwenden möchte, was wirklich Sinn für ihn und die Welt macht, muss denselben Weg einschlagen wie ich. Allerdings können die Erfahrungen und Erkenntnisse, die ich mir auf meinem Weg erarbeitet habe, Ansatzpunkte für jeden Einzelnen bieten, der bereit ist, wirkliches Glück und Wohlbefinden in sich selbst zu suchen.

Alles ist vergänglich, nichts ist von Dauer. Alles fließt und ist damit stets wandelbar. Das Einzige, was immer bleibt, ist die Vergänglichkeit.

Wenn wir festhalten an dem, was wir besitzen oder zu sein glauben, machen wir uns selbst zu einem Sklaven, der unaufhörlich damit beschäftigt ist, den Strom der Vergänglichkeit aufzuhalten. Wir werden zu einem Damm, der vergeblich versucht, das Wasser zu stauen, anstatt uns fröhlich und glücklich von der Strömung des Flusses tragen zu lassen.

Wer aber loslässt, der hat zwei Hände frei. Loslassen macht uns frei und unabhängig. Es erlaubt uns, unsere Kraft nicht mit dem Festhalten von oder an Dingen zu vergeuden, die wir ohnehin nicht bewahren können. Stattdessen können wir sie dazu nutzen, um uns so tief wie möglich in den Fluss zu begeben. Wer weiß schon, welche Reichtümer flussabwärts noch auf uns warten?

Unternehmer

Ziele limitieren Fähigkeiten.
Ziele, die mit unserem limitierten menschlichen Verstand gesetzt werden, spiegeln die Limitationen unseres Verstandes wider.
Unsere wahren Fähigkeiten wurzeln in der tief in uns eingebetteten Kraft. Diese klare Kraft ist überlagert und verdeckt von Gedanken, Gefühlen und Vorstellungen.
Die wahre Kraft in uns freizulegen heißt, unser wahres Potenzial zum Wirken zu bringen, ohne die Limitationen, die der Verstand uns auferlegt.
Diese wahre Kraft ist mit allem verbunden, zu jeder Zeit.
Sie ist im Fluss.
Nicht das Ziel heiligt die Mittel, sondern die Mittel bestimmen das Ziel.

I

Tropische Hitze schlug mir entgegen, als ich aus dem Flugzeug stieg. Es war der 2. März 1974, zwei Tage vor meinem dreiundzwanzigsten Geburtstag. Ich war in Singapur gelandet – der Löwenstadt. Tief sog ich den Duft der weiten Welt in mich ein. Ich war voller Hochgefühl, denn ich stand am Beginn eines neuen Abschnitts in meinem noch recht jungen Leben. In vier Tagen sollte ich eine Stelle als Produktionsleiter der Firma Rollei antreten, die einen großen Teil ihrer Fertigung nach Asien verlegt hatte.

In der Ankunftshalle des alten Paya-Lebar-Flughafens von Singapur erwartete mich mein neuer Vorgesetzter – ein Deutscher – mit seiner Sekretärin. Sie fuhren meine Frau und mich in ein Hotel ein wenig außerhalb des Stadtzentrums und ließen uns für einige Stunden allein, damit wir uns nach dem langen Flug ausruhen konnten.

Biene war erschöpft, sie blieb auf dem Zimmer, um ein paar Stunden zu schlafen. Mich aber hielt dort nichts, ich konnte es kaum erwarten, Land und Leute kennenzulernen. Ich ging hinunter in die Lobby, bestellte etwas zu trinken und ließ die Menschen an mir vorbeiströmen. Singapur war eine multinationale Stadt, in der Chinesen mit rund zwei Dritteln Bevölkerungsanteil das Gesamtbild dominierten. Ich hatte Mühe, die einzelnen Gesichter zu unterscheiden. Für mich sahen sie alle gleich aus. Wahrscheinlich ging es ihnen umgekehrt ebenso; in ihren Augen war ich wohl nur einer der hochgewachsenen Fremdlinge aus Europa, die an der Südspitze der Malaiischen Halbinsel gestrandet waren, um nach dem Willen der Regierung technisches Know-how ins Land zu bringen.

Ich hatte einen Zweijahresvertrag mit der Firma Rollei abgeschlossen, obgleich ich mir sicher war, dass ich so schnell nicht nach Deutschland zurückkehren würde. Als Produktionsleiter würde ich für die Fertigung sämtlicher Metall- und Plastikteile der Kameras, die von der Firma seit Kurzem in Singapur fabriziert wurden, verantwortlich zeichnen. Die Expansion nach Asien war in jenen Jahren noch ein relativ neuer produktionstechnischer Trend, ein Umstand, der meinen Bestrebungen nur zupasskam. Seit ich die Anzeige in der Zeitung gesehen und mich für den Auslandsposten beworben hatte, waren gerade mal vier Wochen vergangen.

Im Gegensatz zu den alteingesessenen Angestellten der Firma, die lieber zu Hause bei ihren Familien in gesicherten Verhältnissen bleiben wollten, war ich ganz erpicht auf einen Auslandsvertrag gewesen. Rollei hatte sich an dem Projekt der Regierung von Singapur beteiligt, lokale Arbeitskräfte auszubilden, um deutsche Präzisionsarbeit mit asiatischer Flexibilität und den deutlich geringeren Lohnkosten zu verbinden. Schon früh begriff die singapurianische Regierung, dass wirtschaftliches Wachstum nur mit gut geschulten Fachkräften möglich ist, und bemühte sich deshalb, geeignete Investoren ins Land zu holen. Das schien mir ein ausgewogenes System zu sein, von dem beide Seiten profitieren konnten und das dem Land und seinen Bürgern zugutekommen würde.

Es hörte sich ehrlich und integer an – und es hatte mir die Möglichkeit verschafft, Deutschland den Rücken zu kehren und aufzubrechen in ein völlig neues Leben.

Und wie faszinierend dieses Leben war! Ich trat aus der Lobby auf die Straße und sog all die neuen Eindrücke in mich auf. Autos brausten an mir vorüber, die ein deutscher TÜV niemals auch nur begutachtet hätte. Doch sie fuhren, wenn auch ratternd und qualmend. Zwischen den Autos suchten sich Fahrradrikschas und Mopeds ihren Weg. Ich lief ein Stück zu einem nahen Park. Unter Palmen fand ich ein schattiges Plätzchen. Da saß ich und ließ die Umgebung auf mich einwirken. Wir waren in einem Gartenhotel in einer guten Wohngegend untergekommen. Die Häuser wirkten solide, doch als mein Blick über die ein- und zweistöckigen Bauten schweifte, entdeckte ich ärmliche Hütten aus Holz und Schilf in den abgelegeneren Straßen.

Je länger ich dort saß und schaute, desto weiter rückte Deutschland mit all seinen Verordnungen und festen Strukturen in die Ferne. Es war mir leichtgefallen fortzugehen, ja, ich hatte mich förmlich nach einem Tapetenwechsel gesehnt. Auch wenn ich zu meiner Familie und meinen Freunden ein gutes Verhältnis gehabt hatte, war ich doch meist der stille, eher unergründliche Außenseiter gewesen. All der Small Talk hatte mich nie wirklich interessiert, ich hatte nie Teil einer Gesellschaft sein wollen, die vergleicht und urteilt und die Menschen mit all ihren starren Regeln einengt. Im Grunde war ich ein Nestflüchter, hatte jahrelang nur auf den passenden Augenblick gewartet und die erste sich bietende Gelegenheit am Schopf gepackt, um die Flügel zu spreizen und davonzufliegen.

Meine Frau war sogleich bereit gewesen, mich zu begleiten. Wir zwei waren voller Enthusiasmus, was unsere gemeinsame Zukunft betraf. Auch wenn Biene als Sekretärin in Singapur kaum auf eine Anstellung hoffen konnte, freute sie sich wie ich darauf, ein neues, fremdartiges Land und seine Menschen kennenzulernen.

Sie schlief noch, als ich ins Hotel zurückkehrte. Leise schloss ich die Tür zu unserem Zimmer und ging in die Lobby zurück. Dort suchte ich mir einen Platz, der mir einen Blick auf den Garten bot. Auch ich war müde, aber mein Geist war viel zu aufgewühlt, als dass ich die Augen hätte schließen wollen. Die Sonne schien, Pflanzen wucherten in allen Schattierungen von Grün, und im Schatten der Bäume wuchsen Orchideen in all ihrer Pracht. Tief atmete ich durch.

Ich war angekommen.

2

Die folgenden Tage verbrachten Biene und ich mit der Suche nach einer passenden Wohnung und lernten mehr und mehr die Stadt kennen.

Ein Gefühl von Freiheit machte sich in mir breit, wenn ich durch die verschiedenen Viertel streifte. Ich ließ mich treiben.

Der Duft von Rosen und Jasmin drang in meine Nase; hier standen die Villen aus der Kolonialzeit mit ihren gepflegten englischen Gärten. Zum Hafen hin änderte sich die Szenerie, es roch nach Curry und Kardamom. Unverkennbar näherte ich mich Little India. Stoffe waren vor den Häusern auf provisorischen Ständen ausgelegt; dahinter saßen Frauen in ihren Saris und schneiderten exotisch anmutende Gewänder. Straßenverkäufer boten Essen feil, es duftete nach Gebackenem, Gekochtem und Gegartem. Die Menschen ergossen sich wie ein bunter Strom auf die Straßen. Dazwischen staute sich der Verkehr, es wurde gehupt und gerufen und geschrien. Vor den Geschäften standen kleine Schreine, mit Blumen und Opfergaben geschmückt.

Ein Stück die Straße hinunter gelangte ich zum Hafen, dem Tor zum Südchinesischen Meer. Hier lagen Schiffe aus aller Welt vor Anker, die Waren jeglicher Art umschlugen.

Alte chinesische Dschunken, mit abschreckenden Drachengesichtern bemalt, glitten über das stille Wasser und brachten die Handelsgüter von den großen Frachtern zu den Piers. Dort wurden sie mit einfachen Kränen und mit viel menschlichem Einsatz auf bereitstehende Laster verladen oder in die *Godowns* geschafft, die direkt am Wasser liegenden Lagerhäuser.

Bei genauem Hinsehen erkannte ich in dem geschäftigen Treiben ein System. Die Arbeiter waren in verschiedene Teams eingeteilt, die sich gut zu verstehen schienen. Ihre Zusammenarbeit basierte auf gegenseitiger Unterstützung, die es ihnen ermöglichten, die schweren Lasten effektiv zu entladen. Sie schienen miteinander im Fluss zu sein. Jeder wusste, was zum richtigen Zeitpunkt zu tun war, und das ohne große Worte. Ich war beeindruckt.

Mein Blick schweifte über das Meer. Ein Stück abseits des geschäftigen Hafens sah ich einen *Kelong*, einen auf Holzpfählen im Meer stehenden Fischfang-Platz mit einer Hütte für den Fischer, der von dort sein Netz auswarf. Das Bild schien aus einer anderen Zeit zu stammen und bildete mit der Ruhe, die es ausstrahlte, einen großen Gegensatz zum geschäftigen Hafen; und doch passte beides irgendwie zusammen.

Ein paar Schritte weiter drückten sich kleine Spelunken in die engen Gassen. Hier und dort saßen Seeleute, betranken sich oder tanzten auf den Dächern der Hafenbuden.

Und erst die Bugis Street! Am Tag wurde hier der Markt abgehalten. Doch wenn die Sonne sank, verwandelte sich die Straße in einen Platz voller Leben. Fliegende Händler boten ihre Waren in Bauchläden feil, und aus allen Himmelsrichtungen strömten die Einheimischen mit ihren Garküchen herbei. Hier wurde die Nacht zum Tag gemacht. Noch um drei konnte man durch die Straßen ziehen, sich auf einen der wie aus dem Nichts aufgetauchten Stühle setzen und mit Menschen aller Hautfarben und Religionen plaudern. Es war wie ein Bilderbogen aus einer exotischen Welt, und ich sog die Gerüche und Farben und mit ihnen all die Vielfalt des Lebens in mich auf. Leichtigkeit lag in der Luft. Türen öffneten sich, und ich sah hindurch und entdeckte, wie unterschiedlich wir Menschen auf diesem Erdball doch leben und dass man Glück und Zufriedenheit offenbar auch anders erlangen kann, als ich es bisher gewohnt war. Wie froh war ich, die Chance bekommen zu haben, fern von zu Hause arbeiten zu können.

Je mehr ich das Leben rund um mich herum beobachtete, desto klarer wurde mir, dass in diesem unglaublichen Durcheinander eine gewisse Struktur erkennbar war. Im größten Gewühl auf den Straßen behandelten sich die Menschen mit Achtung, wichen einander aus, nahmen Rücksicht und vermieden es, sich im Weg zu stehen. Das gab mir zu denken. Hier schien man sich untereinander auf unausgesprochene Weise zu verbinden, die vorhandenen Energien aufzunehmen und im Fluss zu halten, statt die Energieströme nach dem eigenen Willen strukturieren zu wollen oder sie Gesetzen und Verordnungen zu unterwerfen.

Schon bald fanden Biene und ich eine schöne Etagenwohnung in einem der neuen Hochhäuser, deren Fenster einen atemberaubenden Blick über die Stadt boten. Doch am liebsten saß ich am Meer und atmete den salzigen Geruch der See tief ein, der sich mit dem von gebratenem Fleisch und Sateysoßen vermischte. Der Gedanke an Arbeit rückte in jenen ersten Tagen in Singapur immer mehr in die Ferne. Wer wollte sich schon in geschlossene Räume zwängen, wenn draußen die Sonne schien und das Leben pulsierte …

3

Vier Tage nach meiner Ankunft war es so weit: Ich trat meine neue Stelle in der Firma an.

In meiner Abteilung arbeiteten rund zweihundertfünfzig Männer und Frauen. Mit meinen dreiundzwanzig Jahren war ich jung für eine Position als Produktionsleiter, und ich hatte noch nicht viel praktische Berufserfahrung gesammelt, mit Ausnahme meiner ersten Arbeitsstelle in Berlin. Dennoch hatte sich die Firma für mich entschieden und setzte Vertrauen in meine fachlichen Kenntnisse und meine zwischenmenschlichen Fähigkeiten.

Was Letzteres betraf, so war ich selbst es, der den Maßstab hoch ansetzte, denn ich erinnerte mich nur zu gut an eine Begebenheit bei meiner Anstellung in Berlin. Dort hatte es während der ersten Wochen meiner Zeit als Ingenieur einen Wechsel auf den höheren Etagen gegeben. Ein junger Manager hatte einen hoch dotierten Posten übernommen. Die Belegschaft bekam eine bittere Kostprobe seines schlechten Führungsstils, als eines der älteren Mitglieder des Betriebes geehrt werden sollte. Zweifellos ein bedeutsames Ereignis im Leben eines Mannes, der über vierzig Jahre seines Lebens damit verbracht hatte, die Firma mit am Laufen zu halten. Der Jungmanager hielt die Rede zum Dienstjubiläum, doch er kannte nicht einmal den Namen des Mannes. Während er da stand und sich verhaspelte, sein Skript durchblätterte und vergeblich den Namen suchte, fühlte ich einen ungeheuren Zorn in mir aufsteigen. Mein Blick streifte den alten Mann, er hatte Tränen in den Augen. Damals gab ich mir selbst das Versprechen, niemals in eine ähnliche Situation zu geraten oder dergleichen bei einem meiner Mitarbeiter durchgehen zu lassen. Vor dem Hintergrund dieser negativen Erfahrung war leicht zu verstehen, dass ich viele Stunden investierte, um die Angestellten meiner Abteilung kennen- und verstehen zu lernen.

Zum anderen half mir meine Begeisterung für das Neue, das Fremdartige immens dabei, mich auf die Einheimischen einzustimmen und ihre besonderen Fähigkeiten des Miteinanders in die Arbeit einfließen zu lassen.

In Gesprächen mit einigen Deutschen, die ich in den ersten Tagen in Singapur getroffen hatte, war ich mit vielen Gerüchten konfrontiert worden. Allgemein wurde den lokalen Arbeitern nachgesagt, sie seien unorganisiert und arbeiteten nicht nach Plan, so wie man es von daheim gewohnt war.

Nun – der Unterschied zu Deutschland war in der Tat in jeder Ecke der Stadt zu spüren, in jedem Gebäude, in jedem Atemzug. Selbstverständlich ließen sich die Leute aus Singapur nicht mit den Deutschen vergleichen. Aber was sollte mir ein Vergleich überhaupt bringen?, fragte ich mich. Kein Mensch ist besser oder schlechter, jeder ist einfach nur anders.

Und so nahm ich mir vor, meine Mitarbeiter nicht in ein Schema zu pressen, sondern erst einmal herauszufinden, wer und wie sie waren, was sie antrieb, wie sie die Arbeit angingen. Ich war mir sicher, dass ich von ihnen etwas lernen konnte und wir uns gegenseitig unterstützen würden, wenn erst einmal Vertrauen Einzug in unsere Arbeitsbeziehung hielt. Und es dauerte nicht lange, bis ich eine erste Kostprobe von ihrer Lebensart und Denkweise bekam.

Es war an einem Nachmittag, als eine der Spritzgussmaschinen ausfiel. Eine heikle Angelegenheit, schließlich stand der Zusammenbau der Kameras für den nächsten Morgen auf dem Programm. Die Bänder sollten niemals stillstehen – Zeitverlust bedeutete Einkommensverlust –, und so war ich immens unter Druck. Gleich zu Beginn meiner Laufbahn wollte ich mir keinen solchen Fehler leisten. Ich rief die Arbeiter zusammen, in der Hoffnung, wenigstens eine Handvoll zum Bleiben animieren zu können. Gestenreich sprach ich von der Bedeutung, die Termine einzuhalten. Und auch wenn das Versagen der Maschine nicht unsere Schuld war, würde es ein schlechtes Licht auf unsere Abteilung werfen, wenn wegen fehlender Kleinteile der Zusammenbau der Kameras aussetzen müsste. Kurz gesagt: Ich brachte mein gesamtes rhetorisches Talent ein, verdrängte jeden Gedanken an die murrenden Bemerkungen von Kollegen, die ich aus meiner Zeit in Deutschland in ähnlichen Situationen gewohnt war, und bat die Männer um Hilfe.

Ich staunte nicht schlecht, als jeder Einzelne von ihnen wie selbstverständlich an seinem Arbeitsplatz blieb und bis tief in die Nacht ausharrte – bis die Maschine repariert war und wir unser Soll erfüllt hatten. Diejenigen, die nicht zu müde waren, lud ich zum Essen ein. Es war nachts um drei, aber in Singapur fand man immer noch ein lauschiges Plätzchen zum Essen und Trinken.

In jener Nacht begriff ich, dass die Arbeiter in mir weit

mehr sahen als einen Vorgesetzten, dem sie gefallen wollten. Gewissermaßen war ich das Oberhaupt einer großen Familie, in der sich einer um den anderen sorgte. Gemeinsam waren wir stark; es war das Prinzip der Synergie, das hier zum Tragen kam. Wir waren mehr als die Summe der Einzelnen.

Mit der Zeit gestaltete sich das Verhältnis zu den Männern und Frauen, die in meiner Abteilung arbeiteten, erstaunlich leicht und fließend. Immer mehr begriff ich, dass die Werte, die der Osten pflegte – nämlich die Improvisationsfreudigkeit, die Verbundenheit mit allen anderen sowie das persönliche Vertrauen in einen Vorgesetzten oder Geschäftspartner –, sich mit der Präzision und dem rationalen Wissen des Westens zu einer wahrhaft starken Kombination vereinen konnten.

Wer sich nicht in dieser Welt zurechtfand, war Biene. Wir hatten kurz vor unserem Umzug nach Singapur geheiratet. Vielleicht waren wir noch zu jung gewesen, doch wir hatten uns über das Verliebtsein hinaus prächtig verstanden und wollten das Leben gemeinsam, Seite an Seite, verbringen. Biene hatte dem Leben in Asien mit gespannter Erwartung entgegengeblickt.

Hatte sie in Deutschland als Sekretärin gearbeitet, so war sie jetzt auf einmal zum Nichtstun gezwungen, denn Stellen wurden in Singapur nur an ausgesuchte ausländische Fachkräfte vermittelt. Sekretärinnen gab es unter den Einheimischen genug. So verbrachte sie ihre Nachmittage im deutschen Club, konnte den Gesprächen der anderen am Pool aber wenig abgewinnen und vermisste ihr altes Leben und ihre Freunde mit jedem Tag mehr. Mit den einheimischen Frauen verband sie nicht viel, und so wartete sie all die langen

Stunden, bis ich von der Arbeit nach Hause kam, was meist recht spät war. Denn anders als Biene ging ich in dem Leben rund um mich herum auf. Ich wollte mich unters Volk mischen, wollte die fremde Mentalität verstehen und von den Einheimischen lernen.

Biene und ich waren wie ein Fluss, der sich teilte; noch konnte keiner von uns sehen, in welche Richtung die beiden Arme verliefen und ob sie sich eines Tages wieder zu einem breiten Strom vereinen würden.

Bereits nach einem halben Jahr hielt Biene es nicht mehr aus und wollte nach Deutschland zurückkehren. Ich konnte sie verstehen und wollte auch nicht länger mit ansehen, wie sie unter ihrer Abgeschiedenheit litt.

Andererseits lief in meinem Arbeitsleben alles bestens. Ich hatte einen Zweijahresvertrag zu erfüllen, und wenn ich ehrlich war, wollte ich nach Ablauf der Frist keinesfalls nach Deutschland zurückkehren. Die Chance, in Asien zu arbeiten, hatte ich ergriffen, weil ich mich für die östliche Mentalität und den Job begeisterte, und nicht, weil ich einen Auslandsbonus in meinem Lebenslauf verbuchen wollte.

Nach langen nächtlichen Gesprächen beschlossen Biene und ich, dass sie erst einmal zurück nach Deutschland fliegen sollte. Dann würden wir weitersehen.

Ich war traurig, als ich sie am Flughafen in die Arme schloss. Wir hatten auch in den schwierigen Monaten, die hinter uns lagen, nicht gestritten oder uns gegenseitig Schuld zugewiesen, sondern intensiv miteinander geredet und versucht, uns zu unterstützen. Und was war Partnerschaft anderes, als sich gegenseitig Halt zu geben und zu stärken, um sich weiterzuentwickeln?

Erst Jahre später verstand ich, dass es wichtig ist, eine Beziehung nicht zu statisch zu sehen. Nur wenn beide Partner sich gegenseitig den Freiraum zugestehen, sich zu finden, und dem jeweils anderen ihre förderlichen Energien zur Verfügung stellen, kann eine Beziehung Bestand haben und Liebe sich entfalten.

Als Biene und ich uns im Jahr danach anlässlich meines ersten Urlaubs in Deutschland wiedersahen, erkannten wir, dass der Fluss des Lebens uns längst in unterschiedliche Richtungen getrieben hatte. Wir ließen uns einvernehmlich scheiden. Es sollte meine einzige Ehe bleiben.

4

Nachdem meine Frau nach Deutschland gezogen war, gestaltete sich mein Leben in Singapur anders als zuvor. Hatte ich anfangs noch Rücksicht auf Biene genommen und die Kontakte zu den Deutschen im Club gepflegt, tauchte ich nun immer tiefer in das Leben der Einheimischen ein. Auch kam ich in Berührung mit den unterschiedlichen Religionen und Glaubensrichtungen, die in Singapur friedlich nebeneinander existierten.

Besonders angetan hatte es mir ein Tempel, der der Kuan Yin geweiht war, der Göttin der universellen Liebe und des Mitgefühls. Es war ein kleiner, typisch chinesischer Tempel mit hochgezogenem Dach und Drachen am Eingang. Er lag in einer kleinen Seitenstraße zur McPherson Road und wurde von Nonnen unterhalten. An den Tempel waren soziale Einrichtungen wie ein Altersheim und eine Krankenstation angegliedert. Als ich sie besichtigte, war ich angetan von der Sauberkeit und der spürbar herzlichen Atmosphäre. Hier schien die Göttin selbst zu walten.

Die Nonnen erzählten mir auch von der Konzentrationsmeditation und dem Mantra der Kuan Yin, dem *Om mani padme hum*, und regten mich an, selbst einmal zu meditieren. Anfangs war es ungewohnt für mich, die Konzentration auf das Ein- und Ausatmen an der Nasenspitze zu richten, während meine Gedanken Kapriolen drehten. Doch nach und nach verhalf mir die Übung zu mehr Ruhe und Ausgeglichenheit; außerdem konnte ich mich während der Arbeit besser konzentrieren. Ich ahnte, dass sich mehr dahinter verbarg als ein rein verstandesmäßiger Nutzen. Doch noch blieb mir die Tür zur wahren Sicht nach innen verschlossen.

Im Westen der Stadt lag ein schöner buddhistischer Tempel. Dann und wann ging ich vorbei und spendete etwas. Noch fehlte mir der tiefe Bezug, denn ich lebte mich gerade erst in die fremde Kultur und ihre natürlichen Gesetzmäßigkeiten ein.

Um Asien besser zu verstehen, beschloss ich zu reisen. Ich war neugierig auf die regionalen Unterschiede. Singapur mit seiner kulturellen Vielfalt und dem bunten Gemisch aus verschiedensten Nationen gab mir Kostproben von Indien, China, Malaysia, Indonesien. Doch zu kosten war mir nicht genug.

In den Zeitungen wurde damals viel über den Krieg in Vietnam geschrieben. Nach dem Abzug der Amerikaner schien es mir an der Zeit, das Land zu besuchen und die unterschiedlichen Kulturen zu beobachten, die dort aufeinandertrafen. Ich fragte mich, wie es ein Land verkraftet hatte, über dreißig Jahre im Krieg zu sein. Als ich schießlich Urlaub bekam, reiste ich mit einem Freund nach Saigon, der heutigen Ho-Chi-Minh-Stadt.

Wir waren beide überrascht, welche Lebensfreude die Menschen an den Tag legten, wo doch überall so viel Leid geherrscht hatte. Ich war begeistert von der Schönheit des Landes mit seinen breiten Flüssen, den Reisterrassen und der gigantischen Vielfalt der Natur. Es tat weh, sich vorzustellen, wie sehr insbesondere der Norden mit seinem Dschungel unter dem Angriff der Amerikaner gelitten haben musste.

In Saigon durfte zu jener Zeit nach Mitternacht niemand mehr auf der Straße sein, sonst lief er Gefahr, dass auf ihn geschossen wurde. Eines Nachts waren mein Freund und ich noch spät unterwegs und beeilten uns, zu unserem Hotel zu kommen. Auf dem Weg dorthin begegneten wir einer jungen Frau, die verzweifelt versuchte, nach Hause zu gelangen. Aber es war bereits ziemlich spät, und bis vor Mitternacht würde sie es niemals zum anderen Ende der Stadt schaffen. Wir luden sie kurzerhand ins Hotel ein und mieteten ein Zimmer für sie. Zusammen aßen wir noch eine Kleinigkeit in der Hotelbar, und ich merkte, wie ich ihrem fremdartigen Zauber immer mehr verfiel. In meinen Augen hatte sie etwas ganz Besonderes an sich, mit ihrer schmalen Statur, der Grazie und der aufrechten Haltung. Als ich sie am nächsten Morgen zum Frühstück wiedersah, war mir klar, dass ich mich Hals über Kopf in sie verliebt hatte. Sie bot an, uns Saigon zu zeigen. Ich nahm ihr Angebot nur zu gern an.

Nachdem die Amerikaner so lange Jahre im Land stationiert gewesen waren, waren die Märkte in Saigon eine wahre Fundgrube von Dingen, die es in Asien sonst nicht gab. Auch das Essen schmeckte vorzüglich, asiatisch mit französischem Flair.

Die Menschen waren uns Europäern gegenüber recht aufgeschlossen; sie merkten offenbar an der Sprache und dem Verhalten, dass wir keine Amerikaner waren. Da in dieser Zeit die Angst vor dem Vietcong groß war, setzten manche all ihre Hoffnungen auf Europa, das für Frieden sorgen sollte.

Tatsächlich war der Vietcong auf dem Vormarsch, um das Land auf seine Art zu befreien und die eroberten Gebiete nach Süden hin zu vergrößern.

Mein Freund und ich beschlossen, ein paar Tage ans Meer zu reisen. Unser Urlaub ging dem Ende zu, und die weißen Sandstrände im Süden lockten uns. Auch brauchte ich Abstand von Saigon, weil ich auf dem besten Wege war, mein Herz zu verlieren.

Ich erinnere mich noch gut an jenen zweiten Morgen am Meer, als wir in bester Laune auf der Veranda saßen und den Blick schweifen ließen. Plötzlich bot sich uns ein Bild, mit dem wir nicht gerechnet hatten: Von Norden her kamen Tausende von Menschen, ein scheinbar nicht enden wollender Strom von Flüchtlingen. Sie schoben und zogen Wägelchen mit ihrem spärlichen Hab und Gut. Diejenigen, die keine Wagen hatten, um sich daran festzuhalten, stolperten mehr, als dass sie gingen. Frauen trugen ihre Kinder in Tüchern um die Brust gebunden. Alte und Verletzte schleppten sich nur mehr so dahin. Als ich die Blicke der Menschen sah – bittend manche, andere abgestumpft oder von Hass erfüllt –, schnitt es mir mitten ins Herz. Sie waren vom Krieg gezeichnet.

Wieso mussten Menschen so leiden – und das nur wegen einer Handvoll Politiker und ihrer angstblinden Theorien?

Krieg ist das Verwerflichste, was sich die Menschen gegenseitig antun können, dachte ich damals, als ich tief erschüttert auf der Veranda stand, unfähig zu helfen.

Zugleich zeigte mir der Konflikt in Vietnam, was dabei herauskam, wenn fremde Mächte in ein Land einfielen und es nach ihrer Vorstellung umformen wollten. Wie konnte man sich anmaßen, einen Konflikt von außen zu beurteilen? Vor allem, wenn die eingreifenden Parteien doch nur darauf aus waren, ihre Macht auszuweiten? Einmal mehr mahnte ich mich, niemals in die gleiche Falle zu tappen, und sei es in einem ungleich kleineren Rahmen. Als Gast in einem anderen Land hatte man sich zurückzuhalten; es stand einem nicht zu, den anderen zu beurteilen und das Gastrecht zu missbrauchen.

Als mein Freund und ich tags darauf nach Saigon zurückkehrten, traf ich meine neue Liebe wieder. Wir gingen ins Kino und aßen zusammen. Kurzerhand fragte ich sie, ob sie nicht mitkommen wolle nach Singapur. Doch sie hätte, wie sich herausstellte, niemals ein Visum bekommen, denn Vietnam wollte seine Staatsbürger im Land behalten.

Ich war traurig, doch ich fügte mich in die Gegebenheiten. Wenn es wahre Liebe war, dann würde ich sie bestimmt eines Tages wiedersehen, sagte ich mir, als ich ins Flugzeug stieg und Vietnam verließ.

5

Einige Wochen später stieg ich vom Produktionsleiter zum Division Head auf. In dieser Position hatte ich die Verantwortung für die gesamte Vorfertigung. Ich war zuständig für die Produktion sämtlicher Einzelteile, aus denen die verschiedenen Kameramodelle und Projektoren zusammengesetzt wurden – Tausende von Teilen unterschiedlichster Materialien und Produktionsmethoden.

Auf meinem neuen Posten konnte ich auf die ersten, prägenden Erfahrungen mit meinen einheimischen Mitarbeitern zurückgreifen und darauf aufbauen. Gegenseitiges Vertrauen und Synergie waren jedoch nicht die einzigen Fähigkeiten, die ein Asiat mit in seine Arbeit einbrachte.

Als ich eines Morgens bei meinem Rundgang fast über eine Plastikverspannung gestolpert wäre, sah ich mich genauer in der Produktionsabteilung um – und staunte nicht schlecht. Von der Klimaanlage bis hin zu den Rutschen, die die gestanzten Teile auf das Laufband beförderten, sah ich überall Plastikschnüre. Hier wurde ein lockeres Teil an einer Verstrebung festgebunden, da sorgte die Schnur als Ersatz für eine elastische Verbindung. Plastikschnüre hielten Stühle zusammen, fixierten Tischbeine, Fenstergitter, und wenn ich einen Blick auf den Hof hinausgeworfen hätte, so wäre er vermutlich an einer Legion parkender Autos hängen geblieben, deren Karosserie mithilfe von Plastikkordeln zusammengehalten wurde.

Ich rieb mir die Augen und rief sämtliche Arbeiter zu mir. Dann fragte ich sie, was es eigentlich mit diesen allgegenwärtigen Schnüren auf sich habe. Gestenreich erklärten sie mir, dass da ein Teil ausgefallen und dort ein anderes kaputtgegangen sei. Ein Schlauch etwa hatte sich tags zuvor aus seiner Befestigungsklemme gelöst. Statt ein Ersatzteil zu ordern und auf dessen Lieferung zu warten, hatte ihn einer der Arbeiter mit einer Plastikschnur befestigt. Eine geniale Lösung – schnell, unauffällig, flexibel und dazu noch kostengünstig, wie man mir versicherte.

Ich musste den Männern recht geben. Dennoch konnte ich in meiner verantwortungsvollen Position nicht zulassen, dass mehr und mehr Präzisionsgeräte mit Schnüren zusammengehalten wurden. Das spottete ja jeder deutschen Wertarbeit... Also trug ich den Männern auf, selbst kreativ zu werden und die Schäden schnellstmöglich zu beheben.

Am nächsten Morgen fand ich einen Stapel Ersatzteilbestellungen auf meinem Schreibtisch. Wieder rief ich die Männer zusammen. Sie hatten den üblichen Weg eingeschlagen. Doch ich witterte das kreative Potenzial hinter der Schnurlösung und wollte wissen, was sie ohne ihr beliebtestes Hilfsmittel täten. Also sagte ich ihnen, dass ich andere Ideen von ihnen erwartet hätte; schließlich sei es das Leichteste, ein Ersatzteil zu bestellen, das könne ja jeder. Mit diesen Worten schickte ich sie zurück an ihre Arbeitsplätze.

Binnen Stunden war der Stapel auf drei Blatt reduziert – Ersatzteile, für die es keine Alternative gab. Der Rest aber wurde auf erstaunliche Weise dauerhaft instand gesetzt, nämlich mit billigen, einfachen Mitteln, die schon in der Firma vorhanden waren und nicht erst gekauft werden mussten.

Es war dieses Zusammenspiel zwischen Ost und West, das mich in Bewegung hielt. Ich lernte mit jeder Begebenheit dazu. Für alles existiert eine Begründung, man muss nur zuhören und fragen. Und mit jeder Frage, die ich stellte, erschloss sich mir eine Welt, die sich immens unterschied von derjenigen, aus der ich gekommen war.

Mit der Zeit spürten meine Angestellten, dass sie mir vertrauen konnten. Oft war mein Büro Anlaufstelle für Sorgen aller Art. Mehr und mehr wurde ich bei familiären Problemen um Rat gefragt. Oder die Arbeiter kamen zu mir, wenn Ausschuss produziert worden war. Dann zog ich los, um zu sehen, ob nicht doch etwas von den Teilen für die Produktion zu gebrauchen war.

Die Leute wussten, dass ich zu ihnen hielt und mit anpackte, wenn Not am Mann war. Ich steckte viel Energie in die Arbeit und die persönlichen Beziehungen zu meinen Mitarbeitern, und es machte mir Spaß. Zugleich gaben sie mir Einblicke in ihre Kultur, die anderen verborgen blieben.

Einer davon war das *Festival of the Hungry Ghost*, das traditionsgemäß im Herbst stattfand. In den Wochen vor dem Fest kam es zu seltsamen Ereignissen in der Firma. Überall war von Geistern die Rede, die dringend besänftigt werden müssten. Junge Mädchen wurden ohnmächtig, weil sie angeblich Geister gesehen hatten. Andere hatten viel zu große Angst zu arbeiten und trauten sich nicht aus dem Haus. Das kam mir seltsam vor.

Gewiss, der Geisterglaube hat in Asien eine lange Tradition, doch ein wenig roch mir das Ganze nach Ausreden, um nicht zur Arbeit zu erscheinen. Ich hatte, was diese Angelegenheit betraf, nicht das Gefühl, dass Reden helfen würde, geschweige denn irgendwelche angedrohten Disziplinarmaßnahmen. Also beschloss ich, konkret vorzugehen. Ich holte einen Priester in die Firma, der eine Besänftigungszeremonie durchführen sollte. Als es so weit war, rief ich die Angestellten zusammen und erklärte ihnen, dass sie Opfer bringen und der Zeremonie beiwohnen könnten. Allerdings sei damit dem hungrigen Geist Genüge getan. Wer danach noch umfiele und nicht arbeiten könnte, dem würde ich keinen Glauben schenken.

Die Geschäftsleitung war nicht gerade begeistert, als der Priester seine Zeremonie begann und Hühner, Enten und manches andere als Opfer auf dem Firmengelände dargebracht wurden. Doch wie sich zeigen sollte, war die Zeremonie ein voller Erfolg: Seither hatten wir keine Geistererscheinungen mehr zu verbuchen.

Die Lehre Buddhas, mit der ich zu jener Zeit immer mehr in Berührung kam, besagt, dass es wichtig sei, einer Sache auf den Grund zu gehen, statt immer nur nach eigenen Maßstäben auf etwas zu reagieren. Wenn man den Hintergrund kennt, offenbart sich eine weitere Wahrheit wie von selbst: nämlich dass wir alle mit einander verbunden sind – doch jeder von uns ist unterschiedlich. Keiner ist besser oder schlechter, nur eben anders.

Ich verbrachte damals einige Stunden in den Tempeln und sprach mit den Mönchen, aber die meiste Zeit war ich auf der Arbeit. Ein Erfolg in der Produktion wie auch im Umgang mit meinen Mitarbeitern bescherte mir echte Zufriedenheit; es war einfach ein gutes Gefühl, wenn alles im Fluss war.

»Du hast den roten Faden in der Hand«, sagte ein älterer Mitarbeiter eines Tages zu mir. »Lass ihn nicht los.«

Und das tat ich auch nicht. Schließlich hatte ich noch viel vor.

6

Fünf Jahre nach meiner Ankunft in Asien spürte ich, dass ich Lust auf etwas Neues bekam. Schon seit einiger Zeit kreisten meine Gedanken um die Idee, eine eigene Firma auf die Beine zu stellen, in der ich meine Erfahrungen so einsetzen konnte, wie ich es für richtig hielt.

Singapur befand sich nach wie vor im wirtschaftlichen Aufschwung. Neue Investoren kamen, und all die großen internationalen Firmen, wie Hewlett Packard, Hitachi, Bosch und BBC – um nur einige zu nennen –, gründeten Niederlassungen in der Löwenstadt. Es bestand ein wachsender Bedarf an Präzisionsteilen, die mangels Fachkräften und lokalem Know-how noch nicht vor Ort produziert werden konnten und deshalb von den Mutterländern der einzelnen Konzerne importiert werden mussten.

Vor dem Hintergrund dieser Situation überlegte ich, wie es wohl wäre, eine eigene Firma zur Herstellung von Präzisionsplastik-Spritzgussteilen zu gründen. Es reizte mich, tiefer in den Fluss der Geschäftswelt einzutauchen. Ich hatte die lokalen Märkte studiert. Ich kannte die Einheimischen, die den Stamm meiner Firma bilden könnten, und genoss ihr Vertrauen. Welch eine Gelegenheit!

In den vergangenen Jahren hatte ich etwas Kapital angespart, und für die Maschinen konnte ich einen Kredit aufnehmen. Der Gedanke reizte mich ungemein – frei zu sein, unabhängig, eine Firma so führen zu können, wie ich es mir vorstellte, abgestimmt auf den lokalen Markt. Ich könnte in die Tat umsetzen, was ich in den Jahren zuvor über die Menschen und ihre Kultur gelernt hatte. Andererseits machte ich mir nichts vor. Diese Art von Freiheit hatte ihren Preis. Meine eigene Firma konnte nur wachsen und gedeihen, wenn ich alles gab.

Ich führte zu dieser Zeit ein rundum angenehmes Leben. Zwar machte ich auch als Angestellter jede Menge Überstunden, aber als Unternehmer würde ich in einem weit höheren Maße mit anpacken müssen. Obwohl … war es nicht genau das, was einen dicht ans Geschehen brachte und das Leben spannend machte? Ich war eher ein praktisch veranlagter Mensch; das ganze Theoretisieren war meine Sache nicht.

Genau diese Eigenschaft brachte mich allerdings näher zu den Menschen, mit denen ich zusammenarbeitete. Aus dieser Art von Nähe zog ich viel Energie, die ich dann erneut in meine Arbeit und in die zwischenmenschlichen Beziehungen einfließen ließ.

Eine eigene Firma zu gründen war zweifellos ein gewagter Sprung. Zum einen bedeutete es den Ausstieg aus einer gut dotierten Position. Ohne die Privilegien und das monatliche Gehalt einer angesehenen Firma im Rücken konnte ich finanziell leicht an den Abgrund geraten. Zum anderen war ich in Singapur immer noch ein Ausländer. Ich fragte mich, wie sich das auf meine Geschäftsbeziehungen auswirken würde. Gewiss brachte es auch Vorteile, als Deutscher in Asien Präzisionsteile zu produzieren. Deutschland war zu jener Zeit in diesem Sektor hoch angesehen. In Singapur wäre ich vor Ort, könnte die ansässigen Niederlassungen internationaler Firmen bei gleicher Qualität, aber zu günstigen Preisen beliefern. Von Gesprächen mit Managern dieser Firmen wusste ich, dass viele es bevorzugen würden, lokal einzukaufen, anstatt von ihrer Muttergesellschaft mit Sitz im Ausland beliefert zu werden. Die Vorteile lagen auf der Hand: niedrigere Preise, weniger Logistik, keine Verschiffungskosten und geringerer Lagerbestand. Und auch der amerikanische und der europäische Markt würden Vertrauen in mich setzen …

Was letzten Endes den Ausschlag gab, Rollei den Rücken zu kehren und meine eigene Private Limited Company zu gründen, war das Gefühl, dass ich in meinem Leben mehr wollte, als immer nur nach den Maßgaben anderer zu arbeiten. Also nahm ich die Gelegenheit wahr – und sprang hinein in eine ungewisse Zukunft. Aber … ist Zukunft nicht immer ungewiss?

Mein Eigenkapital, das ich in den vergangenen Jahren angespart hatte und nun in die Firma steckte, betrug umgerechnet um die 150 000 Deutsche Mark. Etwa die gleiche Summe stand als Cashflow zur Verfügung.

Ich mietete ein Firmengebäude an und kaufte eine Spritzgussmaschine über eine Finanzierungsgesellschaft. Es war ein aufregendes Gefühl, als die Maschine zu laufen begann.

Ich hatte drei Mitarbeiter, die ich von meiner Zeit bei Rollei kannte, und wir arbeiteten in Zwölf-Stunden-Schichten. Von Anfang an liefen unsere Geschäfte gut. Es sprach sich schnell herum, dass ein deutscher Ingenieur die begehrten Präzisionsteile vor Ort produzierte.

Doch was hieß produzieren? Ich baute die Maschinen auf,

packte mit an und arbeitete etliche Nächte durch. Ich war am Nabel des Geschehens, und es machte mir einen Riesenspaß.

Dabei stand für mich von Anfang an das Image meiner Firma im Vordergrund. Ich wollte für eine hohe Qualität bürgen, und ich tat alles, um punktgenau zu liefern. Wenn die Maschine ausfiel, hieß das, oft selbst eine Nacht dranzuhängen, aber wir schafften es – und das sprach sich schnell herum. Nicht nur in Singapur, nein … Der volle Einsatz, mit dem wir produzierten, brachte uns schon bald Kontakte in andere asiatische Länder.

In der Firma selbst bildeten wir ein eingeschworenes Team. Jeder wusste, was er zu tun hatte, es waren keine langen Absprachen nötig. Das machte uns flexibel, wir konnten direkt auf die Anforderungen der Kunden reagieren. Und meine Mitarbeiter wussten, dass sie sich auf mich verlassen konnten. Mir war deutlich bewusst, dass jedes einzelne Mitglied meiner Firma einen wichtigen Anteil an dem Ganzen hatte, und ich sorgte dafür, dass sie sich wohlfühlten und nicht über ihre Grenzen gingen.

Ein weiterer wichtiger Part war der Kontakt zu unseren Kunden. Anders als ausländische Investoren war ich mit den Gepflogenheiten asiatischer Geschäftsbeziehungen vertraut. Das verschaffte mir manche Vorteile, vor allem aber ein angenehmes Arbeiten und Bindungen, die auf Vertrauen und Gegenseitigkeit beruhten.

Später, als meine Firma weltweit expandierte, konnte ich auf viele Kunden jener frühen Jahre zurückgreifen. Auch geschäftliche Beziehungen müssen wachsen können und werden getragen vom Entgegenkommen der jeweiligen Partner. Ich hatte schnell begriffen, dass man, um Beziehungen aufzubauen, erst einmal geben muss. Das galt insbesondere auch für Zeiten, in denen es mal eng wurde.

Am Tag der Firmeneröffnung hatten meine Mitarbeiter und ich eine Tour zu den örtlichen Tempeln gemacht und etwas gespendet. Geld ist auch eine Energie, und wenn man das Geld in Fluss bringen will, ist es wichtig, diesen Fluss in Gang zu setzen.

Das Prinzip des Gebens unterschied sich gerade in buddhistischen Ländern völlig von dem, was ich von Deutschland her kannte. Wie oft war Geben dort nichts als ein unausgesprochenes Geschäft, das mit hohen Erwartungen verknüpft war?

Auch in Asien erwarten die Menschen etwas. Doch wenn man gibt, lässt man das Gegebene los, denn man weiß, man tut es für sich. Aus diesem Wissen heraus entsteht ein System des Gebens, das ein ständiges Fließen mit sich bringt.

Wenn ich den buddhistischen Mönchen etwas spendete, tat ich es demnach auch für mich: Ich erzeugte ein Wohlgefühl in mir, denn ich beging eine gute Tat. Was immer sie mit der Gabe anfingen, war ihre eigene Angelegenheit. Es stand mir nicht zu, Erwartungen damit zu verknüpfen oder sie gar zu kontrollieren – eben weil ich es für mich getan hatte. Das gute Gefühl in mir aber gab ich weiter. Es war wie ein System aus kleinen Wasserrädern, von denen eines das andere in Bewegung setzte. In jenen Jahren lernte ich, in dieses System zu vertrauen und es immer wieder in Gang zu setzen, wenn es ins Stocken geriet.

All die Arbeit, die ich in die Firma steckte, empfand ich nicht als Stress. Wenn man im Fluss ist, kann das Gewässer auch mal Wellen schlagen, einen zurückwerfen und mit der nächsten Welle wieder ein ganzes Stück weitertragen. Manchmal landete ich auch auf dem Trockenen – die Maschinen fielen aus, wir konnten nicht produzieren. Dann galt es, nicht in Panik zu geraten und weder Schuldige zu suchen noch sich zu rechtfertigen, sondern vielmehr alles zu geben und mit ganzer Kraft anzupacken.

Im ersten Jahr setzten wir in guten Monaten umgerechnet um die 30 000 Deutsche Mark um; Gewinn machten wir ab dem zweiten Jahr.

Trotz aller Begeisterung für meine eigene Firma stand ich mit beiden Beinen auf dem Boden der Realität. Anfangs lebte ich von der Hand in den Mund, doch später setzte ich mir betriebswirtschaftliche Schwerpunkte, wie den *ROE*, den *Return on Equity*, oder den *ROI*, den *Return on Investment*, die mir halfen zu beurteilen, ob das eingesetzte Kapital auch die nötigen Erträge erwirtschaftete. Bei all dem persönlichen Einsatz sollte schließlich etwas mehr herausschauen, als wenn ich das Geld lediglich bei der Bank angelegt hätte.

Zunächst aber war es einfach nur wichtig, dass es lief. Es musste immer laufen, egal was es mir abverlangte, es musste laufen.

Was ich zunehmend erkannte, war, dass ich mich als Unternehmer auf mein Bauchgefühl verlassen musste – und konnte. Zwar stellte auch ich Prognosen und Kalkulationen auf, um Eckdaten zu haben, doch es gab zu viele Unwägbarkeiten, als dass sie sich je wirklich erfüllt hätten. Das Gefühl, mich mit den Energien zu verbinden, war jedoch immens wichtig. Ein Geschäft verlangt das Eingehen auf die wechselnden Erfordernisse des Marktes wie auch der Mitarbeiter.

Eben weil wir eine Art Familie bildeten, blieben wir flexibel. In einer Atmosphäre der gegenseitigen Unterstützung und des ehrlichen Umgangs miteinander gediehen unsere Vorhaben am besten. Zwischen mir und den Arbeitern gab es keine Barrieren – jeder wusste, was er zu tun hatte, und handelte in dem Vertrauen, dass ich für ihn da war, sollte er Hilfe benötigen. Hätte ich auch nur einen Funken kaltes Kalkül hineingebracht, hätten die Menschen es gespürt. Es wäre sofort auf mich zurückgefallen.

So aber war ich mit dem ganzen Herzen dabei.

Singapur war damals ein wichtiger Umschlagplatz, und die Wirtschaft befand sich in einer Hochphase. Ein Ende des Wachstums war noch nicht abzusehen. Dennoch bin ich überzeugt, dass auch in einer Krisensituation – oder vielleicht gerade dann – die Prinzipien eines energetischen Managements eine Firma stärken und wieder zum Erfolg führen können.

Das Wichtigste ist, die im Moment wirkenden Energien in der Firma wie auch im äußeren Umfeld zu erkennen und auf die richtige Art und Weise mit ihnen umzugehen. Schuldzuweisungen haben noch keinem geholfen. Stattdessen ist es wichtig, in sich selbst neue Erkenntnisse zu erlangen und diese einzubringen, ohne sich in die Gefühlswelt der Krise hineinziehen zu lassen. Dann erst tun sich Wege auf, die dauerhaft aus der Krise führen. Geld muss in Fluss gebracht werden, doch nicht zum Nutzen des Einzelnen, sondern des großen Ganzen. Zugleich ist die Rundenergie von höchster Bedeutung: In der Firma müssen die richtigen Leute zusammenwirken, die ihre guten Energien mitbringen, angefangen vom Chef bis hin zum Wachpersonal. Je mehr solche Menschen in einer Firma mitwirken, desto besser.

Hier kommt einmal mehr das Gesetz von Ursache und Wirkung zum Tragen. Was immer der Unternehmensführer einbringt, wird auf die Firma zurückfallen; dies setzt sich fort bis in jede Position hinein. Wenn gegenseitige Unterstützung und Vertrauen vorhanden sind, wird die Firma Erfolg haben. Dann etabliert sich ein ethischer *Code of Conduct*, der Energien aktiviert, sie sehr weitreichende Wirkungen haben – intern für jeden einzelnen Mitarbeiter der Firma und extern für alle Kunden und Zulieferer.

Die Grundzüge dieser Form des Managements waren aus der Betrachtung der natürlichen Energiegesetze abgeleitet. Ich hatte sie nicht in Kursen auf irgendwelchen Business Schools erlernt, die ich zwar auch während dieser Zeit besuchte, die mir aber keine wirklichen Anhaltspunkte und Impulse geben konnten.

Wenn ich in der Natur war und mein Blick über die Reisterrassen schweifte, sah der Ingenieur in mir das einfache, doch zugleich ausgeklügelte Bewässerungssystem dahinter.

Wasser beginnt zu fließen, sobald es ein Gefälle gibt. Staut man es, so kann aus einem Wasserlauf ein Teich oder gar ein See werden, doch flussabwärts trocknen das Bett und die nähere Umgebung aus. Wenn man Wasser stauen möchte, um einen See zu schaffen, dann sollte man es langsam tun, sodass auch die übrigen Felder immer noch genügend Wasser zur Verfügung haben. Auch sollte man nicht versuchen, das gesamte Wasser zu stauen, da es sonst oberhalb des künstlichen Sees zu Überschwemmungen kommen kann. Das Stauen sollte auf eine Art und Weise geschehen, die alle umliegenden

Gebiete mit einbezieht. Neues Wasser fließt in den See hinein. Und im See angesammeltes Wasser fließt hinaus.

Aus dieser Betrachtung heraus wurde mir klar, dass es stets gilt, nicht nur sein eigenes Feld im Blick zu haben, sondern eine höhere Perspektive anzustreben.

Ein Unternehmer, der einen ganzen Fluss ausbeutet, um mehr Felder bewässern zu können, handelt nicht im Einklang mit dem großen Ganzen. Was immer ihn antreibt – sei es Gier oder die Angst um die eigene Existenz –, wird auf ihn zurückfallen – spätestens dann, wenn der Fluss Hochwasser führt und seine Erde hinwegschwemmt. Kümmert er sich andererseits nicht angemessen um seine »Reisbauern«, dann hat er selbst bei gutem Wasserstand wenig Hilfe beim Ernten. Zudem darf er sich nicht wundern, wenn die von der Austrocknung Betroffenen versuchen, seinen Damm wieder zu zerstören. Auch die von der Überschwemmung Betroffenen werden ihr Bestes versuchen, das Wasser erneut auf einen erträglichen Stand zu bringen.

Das Resultat?

Er steht alleine da, von allen Seiten attackiert, nicht mehr im Einklang mit seiner Umgebung und mitten im Gefecht. Wird er sich dabei noch über seinen See freuen können?

7

In den folgenden Jahren zeigte sich, dass die Anwendung der natürlichen Energiegesetze meine Firma auf einen guten Weg brachte. Im zweiten Geschäftsjahr machten wir Gewinn, und zum Ende dieses Jahres hatte ich bereits dreihundert Angestellte und Arbeiter, die meisten davon angelernt.

Ich bemühte mich, ständig den Umsatz meiner Produkte zu erhöhen. Zum einen investierte ich in weitere Maschinen, zum anderen aber – und das war mir viel wichtiger – versuchte ich, mehr Fertigungstiefe zu erreichen, also das *Value added* unserer Produkte zu steigern.

Wir fingen an, fertige Untergruppen anzubieten, sogenannte *Sub-assemblys*, die sich von unseren Kunden leicht in ihre Fertigprodukte einbauen ließen. Präzisionsschalter aller Art und andere mechanische Einheiten waren zu dieser Zeit gefragte Produkte in Singapur.

So verwunderte es nicht, dass meine Firma expandierte.

Wieder brachte ich das Geld, das wir erwirtschaftet hatten, in den Fluss und verwendete es dazu, uns unabhängiger zu machen. Bald schon bauten wir unsere Werkzeuge selbst und konnten so den technischen Support und auch die Qualität erheblich verbessern.

In den umliegenden Ländern sprach sich herum, dass man

sich auf uns verlassen konnte und wir beste Ware zu einem fairen Preis boten. Was immer ich an Energie in das Image der Firma steckte, kam uns unmittelbar zugute.

Die Märkte in den umliegenden Ländern boomten in den unterschiedlichsten Bereichen, wie etwa Babycare-Produkte, Medizin- und Laborbedarf, Hygieneartikel wie Zahnbürsten, Unterhaltungselektronik, Video- und Audiokassetten. Es entstand ein großer Bedarf an Maschinen und Anlagen, die es den einzelnen Märkten möglich machten, diese Produkte im eigenen Land zu produzieren. Um dem neuen Bedarf Rechnung zu tragen, verlegte ich einen Teil meiner Investitionen auf diesen Sektor.

Indonesien wurde schon bald einer unserer größten Kunden. Seit die Schulpflicht dort eingeführt worden war, brauchten die Kinder Kugelschreiber und anderes Gerät wie Lineale und Winkelmesser. In gewisser Weise erweiterte sich meine »Familie«. Die persönlichen Beziehungen zu den Kunden wurden immer wichtiger, besonders in Indonesien und Pakistan. Dabei waren zwei Umstände zu beachten: Zum einen beruhte die Struktur dieser Länder auf der Macht einzelner Familien; zum anderen war jegliches Geschäft, das ich mit ihnen tätigte, mit einem hohen Risiko behaftet. Zahlte der Kunde nicht – aus welchen Gründen auch immer –, blieb mir keine Möglichkeit, mein Geld einzufordern. Auf Verträge konnte man nicht pochen, nur eine krisenfeste persönliche Verbindung half. Dabei war es keineswegs so, dass man mich absichtlich übervorteilt hätte. Geschäfte sind oft schwer einzuschätzen und von vielen Faktoren abhängig. Manchmal brauchte es neue Absprachen, eine vertrauensvolle Unterredung und die realistische Zusicherung, wann gezahlt werden konnte.

Ich bestellte die nötigen Maschinen in Deutschland und der Schweiz und genoss das Vertrauen der Europäer in meinen Namen, das Firmenkapital und den Standort Singapur. Waren die Maschinen angekommen, packte ich meinen Anteil an Geräten, Werkzeugen und Know-how dazu. Wir reisten nach Indonesien und Pakistan, bauten die Maschinen auf und lernten die Einheimischen an. Ein riesiger Markt tat sich auf.

Meine Firma wurde zur Schnittstelle zwischen Ost und West. Aus meiner Jugend und später der Studienzeit kannte ich die westliche Mentalität; die östliche aber hatte ich in den vergangenen Jahren intensiv kennengelernt. Ich wusste: Wenn beide ohne einen Vermittler aufeinandertrafen, kam nicht unbedingt viel dabei heraus. Die Asiaten versuchten sich auf die Europäer einzustellen, doch umgekehrt gestaltete es sich schwieriger. Gerade die strikten europäischen Verträge entsprachen nicht der asiatischen Mentalität.

In Pakistan beispielsweise lag damals die Macht in den Händen von fünf bis sieben Familien. Ich kannte viele der Familienoberhäupter, traf mich mit ihnen und ihren Familien auch außerhalb der Geschäftsmeetings. Ihre Söhne machten bei mir Praktika, um die europäische Mentalität kennen- und einschätzen zu lernen. Wenn es Schwierigkeiten gab, war eine Basis da. Wir konnten Absprachen treffen, aus denen ich immens viel für mich selbst mitnahm und damit mein Vertrauen in diese persönliche Art der Firmenführung stärkte.

Der Name, das Image meiner Firma aber waren das Allerwichtigste.

Wenn wir die Anlagen geliefert hatten und ein Problem auftrat, setzte ich gleich am nächsten Tag jemanden ins Flugzeug, der sich darum kümmerte. Jeder weiß, wie kräftezehrend fehlerhafte Produkte oder Anwendungen sein können. Lange Wartezeiten schaffen nichts als Ärger; insofern war die Investition in den technischen Support ein bedeutender Faktor.

Je größer eine Firma ist, desto schwieriger sind flexible Lösungen. Doch um den Kunden nicht zu verprellen, ist es ungemein wichtig, eine Basis für flexibles Agieren in der eigenen Firma zu schaffen. Eine gut geführte Firma hat darüber hinaus auch viel mehr Potenzial, um zu reagieren. Oftmals findet sich ein Angestellter, der ganz unkonventionell zu einem persönlichen Einsatz bereit ist.

Zehn Jahre nach der Gründung meiner ersten Vier-Mann-Firma hatte ich größere Räumlichkeiten gekauft und war in der Lage, das Grundkapital beträchtlich zu erhöhen.

Ich verdiente das Geld jedoch nicht, um es anzuhäufen, sondern weil ich Spaß an einem guten Geschäft hatte. Jeder, der auf irgendeine Weise im Verkauf tätig ist, weiß, wie sich ein gutes Geschäft anfühlt: Von der Qualität über den Preis bis hin zum persönlichen Nutzen für den Kunden stimmt einfach alles. Keiner wird übervorteilt, keiner fühlt sich ausgenutzt. Jeder hat etwas davon, und jeder ist zufrieden. Wer alles hineingibt, erhält etwas zurück, lautet meine tiefe Überzeugung. Und ich gab alles hinein.

Ich konnte so leben, weil ich ungebunden war. Heute in Singapur, morgen in Pakistan, übermorgen in Indonesien und dann noch rasch nach Hongkong ... ein solches Leben wäre mit einer Familie nicht zu vereinbaren gewesen. Hätte ich eine Familie gehabt, so hätte ich meine Verantwortung wahrnehmen und ihr alles geben wollen. Vielleicht hätte es sich anders entwickelt, wenn ich der richtigen Frau begegnet wäre, aber im Grunde war ich viel zu eingebunden in mein Leben, als dass ich für eine feste Beziehung zu haben gewesen wäre.

Und so schwamm ich im Fluss der Geschäftswelt, errichtete Brücken und räumte Hindernisse beiseite. Dann und wann riskierte ich auch einen Sprung ins kalte Wasser und landete unsanft.

Beim Verschiffen von Gütern in fremde Länder taten sich damals etliche bürokratische Hürden auf. Importsteuern, Exportsteuern, Zölle – all dies verzögerte die Verschiffung und kostete Geld. Ich verließ mich auf meinen Geschäftsinstinkt und schickte zuweilen Anlagen und Maschinen auf den Weg, noch bevor wir die Kreditbriefe in den Händen hielten. Ich wollte den Kunden entgegenkommen und für eine schnelle Lieferung sorgen, um ihnen eine baldige Produktion zu gewährleisten. Das hieß, meinen Kunden großes Vertrauen entgegenzubringen. Ich vertraute in mich, also konnte ich auch in andere Vertrauen setzen. In mir floss die Energie des Vertrauens, und aus diesem Grund wurde ich entsprechend behandelt. Ähnlich verhielt es sich mit dem Respekt.

Jede Energie, die mit guter Intention weitergegeben wird, wird zurückkommen, sobald sie einmal freigesetzt wird. Wie ich bald erfahren sollte, fließt sie allerdings nicht immer aus derselben Richtung zu einem zurück.

Ich hatte eine Kugelschreiber-Anlage mit den dazugehörigen Maschinen und Werkzeugen nach Indonesien geliefert. Mit dem Kunden hatte ich eine gute Basis gefunden, doch wie sich herausstellte, kam er mit den in seinem Land herrschenden Generälen nicht zurecht. Er wanderte ins Gefängnis, und seine Firma ging bankrott. Mir war klar, dass ich das Ganze abschreiben musste. Also ließ ich los. Hätte ich daran festgehalten und versucht, noch etwas herauszuholen und die Situation zu kontrollieren, wäre es nichts als vergebene Mühe gewesen.

Finanziell tat es weh, denn ich hatte viel Geld und gute Intentionen in das Projekt gesteckt. Und die Maschinen mussten in Europa bezahlt werden. Ich übernahm die Verantwortung für das Geschäft. Zwar hatte nicht ich den Bankrott zu verzeichnen, doch ich war in das Geschäft involviert – ohne mich hätte es nicht auf diese Weise stattgefunden. Ein Abschieben der Schuld auf andere brachte nach meiner Erfahrung nicht das Geringste. Da alles miteinander in Verbindung steht, kann es nur hilfreich sein, wenn ein Part die Verantwortung übernimmt und reagiert, um das Geschäft wieder in Gang zu bringen. Also suchte ich das Gespräch mit meinen Geschäftspartnern in der Schweiz, erklärte die Situation und versicherte, dass ich einen Monat Zahlungsaufschub brauchte, um meine Rechnung begleichen zu können – was auch stimmte. Meine Kunden hatten Vertrauen in mich, und meine Haltung in diesem ganzen Desaster wirkte sich dann auch positiv auf unsere weiteren Geschäfte aus.

Zwei Monate später flog ich nach Indonesien wegen eines anderen Projekts. Einer der Manager aus der Firma, die bankrottgegangen war, wollte mit mir nochmals über das andere, fehlgeschlagene Projekt reden. Es tat ihm leid, aber uns war klar, dass solche Dinge im Geschäftsleben passieren können. Jedenfalls erzählte er mir, dass nun die Generäle in ein anderes Projekt investieren wollten und mich einluden mitzumachen. Überrascht schlug ich ein – und flog mit einem Auftrag in der Tasche nach Singapur, mit dem ich nicht gerechnet hatte. Meine neuen Geschäftspartner hatten mir zudem überhöhte Preise zugesichert, um den vergangenen Schaden wieder wettzumachen. Andere hätten womöglich übervorsichtig reagiert, doch Angst hemmt die Geschäfte. Man muss bereit sein, ein kalkuliertes Risiko einzugehen; Zwischenfälle dürfen nicht die Geschäftsphilosophie bestimmen. Ich hatte losgelassen, nun floss etwas zurück.

Später ging es mir ähnlich mit Containern, die ich nach Panama verschickt hatte. Ich hielt einen Kreditbrief über 600 000 US-Dollar in der Hand, doch was ich nicht wusste: Mittel- und Südamerika pflegten die Kreditbriefe auf das Versprechen ihres Kunden hin auszustellen, dass er das Geld rechtzeitig vor dem Eintreffen der Ware auf die Bank überweisen werde. Leider war das diesmal nicht der Fall. Ich lernte daraus und versicherte in Zukunft die Kreditbriefe aus solchen Ländern über eine zweite Bank, die das Risiko trug. Viele Geschäftskollegen rieten mir dringend ab, mit Mittel- und Südamerika Geschäfte zu tätigen. Aber mein Instinkt sagte mir, dass ich mich auf dem richtigen Weg befand.

Auf meinem Schreibtisch stand ein Spruch: *Folge nie dem Weg, den andere für dich bereiten, sondern suche stets deinen eigenen Weg, den auch andere gehen können.* Er war zu meinem Lebensmotto geworden.

8

Schon Jahre zuvor hatte ich es mir zur Gewohnheit gemacht, dem Vorbild meiner asiatischen Kollegen zu folgen und spirituelle Berater für mein Unternehmen heranzuziehen. Ich hatte auch positive Erfahrungen mit der Meditation gemacht. Die Konzentration auf den Atem verschärfte meine Fähigkeit, mich tief in etwas hineinzubegeben und beispielweise in Verhandlungen voll und ganz bei der Sache zu sein.

Ich war überzeugt davon: Was ich aufmerksam tat, das tat ich gut. Dies war nichts, das ich mir anlesen konnte – es erforderte Übung, denn es musste sich in mir verankern.

Der Abt des obersten buddhistischen Tempels in Singapur, der zugleich der Berater des Staatsoberhaupts war, brachte mir damals immer viel Wohlwollen entgegen. Ich hatte ihn durch einen lokalen Freund kennengelernt, und wann immer ich Zeit fand, besuchte ich ihn in seinem Tempel. Er schenkte mir so viel Vertrauen, dass er mich in die hohe Kunst des Feng-Shui einweihte. Dies war eine große Ehre für mich, denn die Erfahrungen, die er im Lauf seines Lebens als Mönch gesammelt hatte, hätte ich mir niemals anlesen können.

Eines Tages, zum Neujahrsfest, reihte ich mich in die Schlange der Menschen ein, die dem Tempel etwas spenden wollten. Als der Abt mich bemerkte, griff er nach meiner

Hand und forderte mich auf, neben ihm Platz zu nehmen. Die ganze Zeremonie über hielt er meine Hand. Seine Warmherzigkeit und seine tiefe innere Weisheit konnte ich noch Wochen danach in mir spüren.

Auch in Thailand hatte ich ein einschneidendes Erlebnis. Eines Tages traf ich meine chinesischen Geschäftsfreunde in Bangkok. Dort ergab sich die Gelegenheit, eines der geistigen Oberhäupter des Landes zu besuchen, den Somdet Fui Yin. Es war ein ungeheures Geschenk, diesem heiligen Mann begegnen zu dürfen. Im Laufe unseres Besuchs richtete er auch das Wort an mich. Er sagte mir, ich würde eines Tages Mönch werden und die Lehre Buddhas weitertragen. Ich bedankte mich für seine Worte; in Thailand galt es als große Ehre, Mönch zu sein. Er gab mir einen Anhänger, den Phra Kling, von dem er nur neun Stück hatte und diese an erlesene Personen verschenkte. Ich war tief beeindruckt und fühlte mich geehrt.

Doch wenn ich ehrlich war, konnte ich mit seinen Worten nicht wirklich etwas anfangen, denn ich sah mich nicht als Anwärter für das Mönchswesen. Und um Buddhas Lehre zu verbreiten, gehörte bestimmt mehr dazu als das, was ich zu jener Zeit darüber wusste. Aber die vier noblen Tugenden, die einen wichtigen Teil seiner Lehre darstellen – die Prinzipien der universellen Liebe, des Mitgefühls, der Mitfreude und der mentalen Ausgeglichenheit – flossen im Grunde schon seit einigen Jahren in meine Geschäfte ein.

Regelmäßig besuchte ich den Kuan-Yin-Tempel und versuchte, die universelle Liebe in mir zu aktivieren. Wenn ich in fremde Länder fuhr, um Geschäfte zu tätigen, schickte ich den Menschen gute Energien, wünschte ihnen Glück, Wohlstand und Gesundheit. Ich tat es ehrlich und von Herzen, denn in einer Welt, die regelmäßig von Macht und Gier gebeutelt wird, schien mir die universelle Liebe die einzige Kraft zu sein, die einen heilsamen Ausgleich schaffen konnte. Wann immer mein Flugzeug landete, spürte ich diese Energie in mir aufsteigen. Ich kam mit guten Intentionen, und daran hielt ich fest. Mir war klar, dass keiner gefeit war vor negativen Handlungen, die auf Profitdenken beruhten. Die universelle Liebe verankerte mich und meine Geschäfte auf der ethisch reinen Seite, und das bekam ich weltweit zu spüren. Ich traf mehr und mehr auf Geschäftspartner, die ähnlich gesinnt waren wie ich. Hätte ich die Leute übervorteilen wollen, so hätte ich ebensolche Energien angezogen.

Auch das Konzept des Mitgefühls sprach mich an. Im Gegensatz zum Mitleid, das meinen Beobachtungen zufolge meist mit Ohnmacht einherging, schuf es eine Atmosphäre, die ein direktes Handeln begünstigte.

Mitfreude schien mir gerade im Geschäftsleben eine Tugend zu sein, an der wir Menschen zu arbeiten hatten. Wenn die Konkurrenz einen Abschluss machte, auf den man selbst erpicht gewesen war, so war es eine gute Übung, sich für den anderen zu freuen. Ich ahnte, dass dies der richtige Weg war. Gab man einem anderen eine gute Energie mit auf den Weg, verbesserte sich das Geschäftsklima. Schließlich war genug für alle da, wenn man die Güter richtig verteilte. Und überhaupt, musste man denn immer gegeneinander arbeiten?

Das Prinzip der mentalen Ausgewogenheit schließlich hatte ich schon früh in mein Leben zu integrieren versucht. Ich mochte keine Disharmonien, und von daher hatte ich mich immer dazu angehalten, alles mit dem rechten Maß zu betrachten und Ruhe zu bewahren. Extreme Stimmungen brachten es mit sich, dass sie kippten; das konnte für keinen Beteiligten gut sein.

Alles in allem hatten die Worte des heiligen Mannes mich nachdenklich gestimmt. Sie konnten nur übertragen gemeint sein, dachte ich. Denn ich befand mich so tief im Fluss des Geschehens, mochte meine Arbeit mit ihren ungezählten Aktivitäten und sah auch keinen Grund, etwas an meinem Lebensstil zu verändern.

9

Während meiner geschäftlichen Hoch-Zeit hatte ich mir ein System geschaffen, das es mir erlaubte, wichtige Eckdaten meiner wachsenden Firma jederzeit abrufen zu können. Auf diese Weise war ich immer auf dem aktuellen Stand der Dinge und in einer Position, die realistisches Verhandeln zuließ.

Auch wir hatten hin und wieder Cashflow-Probleme, wenn Rechnungen zu bezahlen waren und Kunden ihren finanziellen Verpflichtungen noch nicht nachgekommen waren. Ich machte jedoch die Erfahrung, dass das Vertrauen, das ich in unsere Firma setzte, mich durch kleine und größere Krisen trug. Wenn wir auf Zwischenfinanzierungen angewiesen waren, so hatten wir nie Schwierigkeiten, sie durchzusetzen. Gewiss lag es an der Art, wie wir uns präsentierten – nicht aufgesetzt, sondern in dem Wissen, dass wir vertrauenswürdig waren und in jedem Moment unser Bestes gaben, um auf dem Markt bestehen zu können.

Geld war letzten Endes für mich immer nur Mittel zum Zweck, ich wollte es nicht horten, sondern meine Ideen verwirklichen und die Energien erneuern. Das war wichtig; man darf sich nicht darauf verlassen, dass ein einmaliges Geben von Geld genug ist. So spendete ich immer wieder etwas und versuchte, alten und kranken Menschen Gutes zu tun.

In der Folge expandierte ich weltweit, gründete Joint Ventures und Firmenniederlassungen in Australien, Asien mit Japan, den USA, Europa und Südamerika. Unsere Produktionspalette reichte von den Anlagen und Maschinen, die wir zu optimieren versuchten, über medizinische Produkte bis hin zu Sprinkleranlagen, deren nostalgische Linie in Taiwan produziert wurde und einen reißenden Absatz auf dem amerikanischen Markt fand.

Aus meiner Private Ltd. Company wurde eine Holding, die Vertrieb, Marketing, Produktion und Produktentwicklung in sich vereinte. Ständig kamen neue Produkte hinzu, die Ideen sprossen nur so. Die Europäer waren beeindruckt, und die Banken bedrängten mich, meine weiteren Geschäfte durch sie zu finanzieren.

Richtig Spaß machten mir die Produktion und der Vertrieb des *Masterballs*, der zu der Gruppe der *Logic Toys* gehörte. Ich hatte das Patent und die Rechte eingekauft und die Idee bis zur Produktionsreife entwickelt. Ähnlich wie später die Zauberwürfel, die von einer anderen Firma produziert wurden, konnte man den *Masterball* in sich achtmal drehen und erhielt dabei verschiedene Bilder. Wir bedruckten ihn mit Motiven, die dem jeweiligen lokalen Markt entsprachen. In Thailand war ein bekannter Thaiboxer abgebildet, für universelle Märkte ein Fußball, der bei geschicktem Drehen ins Tor ging, oder ein Tennisball, den man über das Netz schlagen konnte. Reißenden Absatz fand der *Masterball* in Kolumbien – dort war er mit Christopher Kolumbus bedruckt. Die Marketingabteilung hatte eine grandiose Werbekampagne gestartet: »Früher dachten die Menschen, die Erde sei eine Scheibe. Doch dann erkannten sie: Die Erde ist rund.« Bei diesen Worten wurde der *Masterball* in die Werbung eingespielt – ein voller Erfolg.

Weltweiter Erfolg hieß, die lokalen Märkte zu verstehen – eine einfache, aber treffende Weisheit, nach der ich mich immer gerichtet hatte. Als die Firma expandierte, war es mir nicht mehr möglich, mich selbst in jeden Markt hineinzuversetzen und den jeweiligen Standort mit seinen Menschen und Kulturen zu verinnerlichen. Also machte ich mich auf die Suche nach den richtigen Partnern in den verschiedenen Ländern, die diese Märkte verstanden und mit uns zusammenarbeiten konnten.

Selbstverständlich hatten wir nicht nur Erfolge zu verzeichnen – das war und ist im Geschäftsleben kaum möglich –, doch wir befanden uns auf einem guten Weg. Der *Return on Equity* pendelte kontinuierlich zwischen zwanzig und fünfundzwanzig Prozent.

Ich selbst besaß ein Penthouse in Singapur mit Dachgarten, Wasserfall und einem Zierkarpfenteich. In Hongkong hatte ich ein Flat, in Penang ein Condominion. Ich fuhr einen roten Jaguar XJ6, hatte mir einen Lotus Esprit Turbo gegönnt – den gleichen Sportflitzer, den James Bond in seinem Film *For Your Eyes Only* fuhr – und dazu noch einen Allrad-Geländewagen. Zudem war ich Mitglied in allen hochklassigen Clubs in Singapur.

Der junge Mann, der mit nicht viel mehr als seinem Ingenieurswissen und einem Rucksack voller Idealismus angereist war, hatte es weit gebracht. Es machte mir große Freude zu sehen, was meine Mitarbeiter und ich geschaffen hatten. Alles in allem war ich jemand, der von sich dachte, dass er die Welt versteht.

Überlebender

Es gibt keine Wunder.
Wir klassifizieren Dinge als Wunder, die in Wirklichkeit Begebenheiten sind, die wir mit unserem limitierten menschlichen Verstand nicht begreifen können. Deshalb sollten wir uns von den Limitationen unseres Verstandes freimachen, sodass wir an den sogenannten Wundern teilhaben können.

I

Es war Nacht, Anfang März 1995, im Jahr des Schweins.

Vor mir erstreckte sich der Malaysian Highway schlangengleich in der Dunkelheit. Vom Dschungel längs der Autobahn waren nichts als dunkle Schemen zu sehen. Dann und wann überholte ich einen Laster, der riesige tropische Baumstämme geladen hatte, so breit und massig, dass nur zwei oder drei auf dem Anhänger Platz fanden.

Ich war unterwegs von meinem Head Office Quarter in Singapur zu einer meiner Firmen in Penang. Natürlich hätte ich auch fliegen können, doch seit es die neue Autobahn gab, die sich parallel zur Straße von Malakka über die Malaiische Halbinsel wand, zog ich es vor, die Strecke mit dem Wagen zurückzulegen. Ich mochte das Gefühl, nachts allein auf der Straße zu sein, fernab von Hektik und Staus.

Mein Jaguar XJ6 glitt nur so dahin. Ich legte eine CD mit leiser Klaviermusik auf. Behaglich lehnte ich mich in den Ledersitz zurück und ließ die vergangenen Wochen Revue passieren. Ich war geschäftlich an einem Punkt angelangt, da alles im Fließen begriffen war. Beständig taten sich neue Wege auf. Meine Arbeit bereitete mir Spaß, wir machten guten Umsatz und Gewinne. So fiel es leicht, in neue Projekte zu investieren, ohne auf Bankkredite angewiesen zu sein.

Ich musste schmunzeln. Ja, ja, die Banken. Ihre Art zu arbeiten ging mir irgendwie auf den Unternehmergeist. Jetzt, wo alles gut lief, konnten wir uns vor Kredit- und Finanzierungsangeboten kaum retten. Aber das war beileibe nicht immer so gewesen. Gut konnte ich mich noch an die Anfangszeiten erinnern, als die Unflexibilität der Banken mich hin und wieder auf des Messers Schneide hatte tanzen lassen. Wenn die Sonne schien, offerierten sie einem einen Schirm – aber wenn es anfing zu regnen, machten sie den Schirm schnell wieder zu …

Die *Logic Toys* waren mein neuestes Steckenpferd. Mir gefiel die Idee, den Leuten ein Produkt anzubieten, das sie auf spielerische Weise die in allem vorhandene Logik suchen ließ. Unsere innovativen Produkte ließen sich leicht und ohne großen Aufwand an die kulturellen Hintergründe und Gewohnheiten der verschiedenen lokalen Märkte anpassen und schienen ein riesiges Potenzial zu eröffnen. Seit dem *Masterball* hatten wir eine neue Dimension von Jigsaw-Puzzles auf den Markt gebracht. Sie waren die ersten ihrer Art auf dem weltweiten Markt, aus klarem, durchsichtigem Plastikmaterial gefertigt und auf drei Ebenen individuell bedruckbar. Das Neuschwanstein-Motiv fand in Japan gerade einen reißenden Absatz. Ich war schon gespannt auf die nächsten Motive unserer Entwickler.

Eigentlich konnte ich mich rundum glücklich schätzen.

Mein Blick schweifte zum Armaturenbrett. Ich fuhr hundertsechzig Stundenkilometer – schneller musste es nicht sein, obwohl mir die sechs Zylinder ein Gefühl von Sicherheit gaben. Ich passierte einen Wegweiser. Noch rund vier Stunden, dann würde ich Penang erreichen. Zwei, drei Stunden Schlaf, eine Dusche, dann das Meeting in der Firma.

Kurz vor Malakka war es, als schließe sich eine Tür in meinem Rücken mit aller Gewalt. Ich überholte einen der mit tropischen Baumstämmen beladenen Laster, der plötzlich direkt vor mir ausscherte. Mit voller Wucht prallte ich gegen seinen Kotflügel und wurde gegen die Leitplanke geschleudert. Da war kein Raum mehr zum Ausweichen. Mein Wagen überschlug sich mit ohrenbetäubendem Lärm und landete auf dem Dach. Wie in einem Albtraum drehte er sich kreischend auf dem düsteren Asphalt. Ich hing kopfüber im Sicherheitsgurt. Der Airbag hatte mich auf den Sitz gepresst, während das Auto herumgeschleudert worden war. Ich konnte nichts sehen, bis der Airbag wieder in sich zusammenfiel. Noch immer drehte der Jaguar sich wie ein Funken sprühender Kreisel auf dem Asphalt. Tiefer und tiefer drückte sich das Dach ein und kam meinem Kopf bedrohlich näher.

Wenn der Wagen jetzt nicht aufhört sich zu drehen, dann wird das aufgerissene Blechdach sich in meinen Schädel bohren und ihn abschälen, erkannte ich mit absoluter Klarheit.

Stopp jetzt!, schrie ich in Gedanken – und das Drehen hörte auf. Um mich herum wurde es unvermittelt still.

Ich atmete tief durch. Offenbar war ich noch aus einem Stück. Um aus der kopfüber hängenden Stellung zu kommen, löste ich mich vorsichtig aus den Gurten, stützte mich mit dem Arm ab und zwängte mich zur Seite. So wand ich mich, bis ich auf allen vieren auf dem Innenhimmel des Dachs kauerte. Ich versuchte, mich zu orientieren, und blickte mich vorsichtig um. Die Karosserie war vollkommen verzerrt, die Türen eingedrückt, die Fenster gesplittert und verbogen. Unmöglich, durch eine Tür ins Freie zu gelangen.

Da, das Rückfenster! Es war noch einen Spalt offen. Langsam arbeitete ich mich auf dem Innenhimmel unter der Rückbank hindurch in Richtung Rückfenster und zwängte mich nach draußen.

Ein Wagen hielt dicht hinter mir. Die Scheinwerfer erleuchteten die Szenerie und offenbarten ein Bild der Zerstörung.

Ich stand da und tastete mich ab. Es war kaum zu glauben: Ich war vollkommen unversehrt.

Anders mein roter Jaguar. Ich warf einen Blick drauf. So also sieht ein Jaguar von unten aus, registrierte der Techniker in mir.

2

Der Fahrer des Wagens – ein Chinese – war ausgestiegen und kam herbeigerannt. Rasch vergewisserte er sich, dass mir nichts geschehen war, und zog mich ein Stück vom Wrack fort.

»Danger! Fire!«, schrie er. Die Angst vor einer Explosion stand ihm förmlich ins Gesicht geschrieben. Schnell rief er die Polizei an. Auch der Lastwagenfahrer – ein Malaie – kam nun angelaufen, doch ich konnte nicht verstehen, was er sagte. Sein Laster hatte bloß einen kleinen Blechschaden zu verzeichnen.

Ich wollte zurück zu meinem Wagen, um zu sehen, was noch drinnen war. Der Chinese versuchte, mich aufzuhalten. Aber ich musste einfach einen letzten Blick in den Innenraum werfen.

Ich bückte mich und spähte durch das Rückfenster. Das Einzige, was heil geblieben war, war eine kleine Vase aus Seladon-Keramik. Seit einiger Zeit hatte ich es mir zur Gewohnheit gemacht, morgens zu meditieren und anschließend das Mantra der Kuan Yin zu chanten. Danach pflegte ich ein kleines Stück Papier mit dem Om-Zeichen zu verbrennen und verwahrte die Asche in der Vase. Ich griff durch das zerschlagene Fenster und nahm sie an mich. Dann wandte ich mich ab. Das Auto ließ sich ersetzen. Meine innere Ruhe hatte mich nicht verlassen. Und doch war nichts mehr so wie zuvor.

Um mich herum füllte sich die Straße mit allerlei Gestalten. Es waren die Highway-Robber, eine bestens organisierte Bande von Unfall-Haien, die mit dem Abschleppdienst und der Polizei unter einer Decke steckten. Gewöhnlich waren sie bei einem Unfall als Erste zur Stelle, um zu stehlen, was immer ihnen unter die Finger kam. Mich aber starrten sie an, als seien sie Zeugen eines Wunders geworden. Vermutlich konnten sie nicht fassen, dass jemand einen solchen Unfall überlebt hatte und nun leibhaftig vor ihnen stand. So als hätten sie etwas gespürt, was mir selbst erst in den Tagen darauf bewusst wurde: die Präsenz einer Energie, die mich beschützt und auf den mir angestammten Platz in diesem Universum katapultiert hatte …

Statt mich zu berauben, lasen sie meine überall verstreuten Sachen auf und brachten sie mir geradezu unterwürfig zurück – von meiner Brieftasche und den Kreditkarten, die sich auf und neben der Fahrbahn verteilt hatten, bis hin zu einem goldenen Füller, der leicht verbogen war.

Die Polizei traf ein, aber die Polizisten sprachen kein Wort Englisch. Der Chinese redete heftig auf Malaiisch auf sie ein. Ich konnte nichts verstehen, nahm aber sehr wohl die erstaunten Seitenblicke der beiden wahr.

Da kein Personenschaden zu verzeichnen war, gaben sie mein Auto frei zum Abschleppen, und ich fuhr mit dem Chinesen hinter dem Polizeiauto her zur Polizeistation in Malakka.

Der Chinese war selbst Geschäftsmann und hatte ein kleines Unternehmen in der Stadt. Als wir die portugiesische Festung passierten, erzählte er mir, dass ich ihn einige Meilen vor der Unfallstelle überholt und er gedacht hätte, wie gern er einmal solch ein Auto fahren würde. Er drängte mich, einen Arzt aufzusuchen, aber das wollte ich nicht.

Auf dem Revier nahe der alten Moschee gab ich einen kurzen Polizeibericht ab. Der Fahrer des Lastwagens musste dort bleiben und wurde verhört. Man vermutete, er sei am Lenkrad eingeschlafen und dann ausgeschert. Die Wahrscheinlichkeit, dass er gerade in der Sekunde einnickte, in der ich zum Überholen ansetzte, war verschwindend gering. Doch ebendiese Sekunde hatte sich unausweichlich in meinen Kopf eingebrannt – auch wenn ich nicht unter Schock stand und mich stabil fühlte.

Der Chinese fuhr mich zu einem Hotel, wo ich die Nacht verbrachte. Am nächsten Morgen spürte ich eine Irritation im Ohr. Als ich danach tastete, kam ein kleiner Glassplitter zum Vorschein – das einzige Zeichen, dass ich Stunden zuvor einen schweren Unfall gehabt hatte, der mich das Leben hätte kosten können.

Wie gravierend der Unfall wirklich war, wurde mir einmal mehr bewusst, als mein Jaguarhändler Tage darauf das Wrack begutachtete, das ich bergen und nach Singapur hatte überführen lassen. Er fragte mich, wer den Wagen gefahren habe.

»Ich«, sagte ich, doch er schüttelte den Kopf.

»Einen solchen Unfall kann keiner überlebt haben.«

Aber ich hatte überlebt. Und wie sich bald herausstellen

sollte, war der Unfall weit mehr für mich gewesen: nämlich der Auslöser, mein Leben völlig zu ändern.

In gewisser Weise war dies bereits geschehen. Doch es brauchte noch eine Weile, bis ich das begriff – und die Konsequenzen daraus zog.

3

Am Morgen nach dem Unfall befand ich mich in einem seltsamen Schwebezustand. So, wie sich mein Wagen Stunden zuvor wie ein irrwitziger Kreisel auf dem Asphalt gedreht hatte, taten es nun die Gedanken in meinem Kopf.

Als Erstes kamen die leisen Vorwürfe, die Überlegungen, wie ich diese Situation hätte vermeiden können.

Warum hast du nicht den Flieger nach Penang genommen?, fragte ich mich. Dann wäre dir das alles nicht passiert. Nächstes Mal, wenn du dorthin musst, fliegst du aber garantiert …

Es klang, als wollte ich mir selbst gegenüber beteuern, dass ich in Zukunft in Sicherheit wäre, wenn ich mich nur anders entscheiden würde. Als läge es in meiner Hand, dass sich ein solches Ereignis nicht wiederholte – in anderer Form, an einem anderen Ort, in irgendeiner vagen Zukunft vielleicht.

Zugleich begriff ich, dass es ebendiese Zukunft um ein Haar nicht gegeben hätte. Als ich den Unfall vor meinem geistigen Auge vorüberziehen ließ, wurde mir klar, dass ich nicht den geringsten Handlungsspielraum gehabt hatte. Da war nicht einmal der Bruchteil einer Sekunde gewesen, in dem ich hätte ausscheren oder abbremsen können, um mich zu retten. Diese Erkenntnis führte mir eindringlich vor Augen, dass ich genauso gut hätte tot sein können. Einfach so, ohne eigenes Verschulden!

Es war knapp gewesen, sehr knapp.

Mit einem Mal musste ich an all die Menschen denken, die genau wie ich einen Unfall erlitten hatten. Wie oft hatte ich schon Unfallmeldungen in der Zeitung gelesen oder im Radio gehört, einen Anflug von Mitgefühl verspürt und das Ganze im Lauf des Tages wieder vergessen? Nun aber fühlte ich mich den Menschen, die Ähnliches erlebt hatten wie ich, sehr nahe. Viele von ihnen hatten ihren Unfall nicht überlebt. Ich schon. Ich hatte unbeschreibliches Glück gehabt.

Im Hotel in Malakka versuchte ich zu meditieren. Ich konzentrierte mich, doch anders als sonst fand ich keine Klarheit, denn mein Kopf war übervoll von Gedanken. Ich spürte dieses reine Glück, überlebt zu haben, in jeder Faser meines Körpers und bedankte mich aus vollem Herzen bei all den Energien, die mich beschützt hatten. Ein seltsames Gefühl schlich sich ein: nämlich, dass ich in jenem Moment nicht allein gewesen war. Irgendeine machtvolle Energie musste da gewesen sein, um mich zu beschützen. Denn normalerweise hätte niemand diesen Unfall unbeschadet überstehen können.

Und schon fingen meine Gedanken wieder an zu kreisen.

Was mich mehr und mehr beschäftigte, war, wie schnell einem etwas passieren konnte. In der Minute, ja der Sekunde vor dem Unfall war ich noch überzeugt gewesen, mein Leben sei vollends im Fluss. Ich hatte Ideen über neue Produkte nachgehangen … Produkte, die in den kommenden Monaten produziert werden sollten, zu einer Zeit also, die es beinahe für mich nicht mehr gegeben hätte.

Wie ignorant war ich denn gewesen zu glauben, ich könnte mit der Zukunft rechnen? Aber was blieb mir dann? Nur der Moment? Dieser eine Moment, jetzt gerade? Und den nächsten könnte es womöglich schon nicht mehr geben …

Ich atmete tief durch. So kam ich einfach nicht weiter. Als Nächstes rief ich meine Sekretärin an, erzählte ihr, was passiert war, und bat sie, das Meeting in Penang abzusagen. Sie reagierte bestürzt. All die Gefühle, die ich selbst nicht einmal wahrnahm, schlugen mir nun plötzlich entgegen – der Schreck, die Besorgnis, die Angst um mich … Ich beruhigte sie, wiegelte den Unfall ab und sagte, ich sei in Ordnung, es sei ja alles noch mal gut gegangen, und ich würde am kommenden Tag wieder wie gewohnt zur Arbeit erscheinen.

Wenig später flog ich zurück nach Singapur, nahm ein Taxi und fuhr nach Hause. Dort zog ich mich auf meinen Dachgarten zurück, um allein, für mich zu sein. In der Mitte stand ein viergesichtiger Buddha. Ich umrundete ihn und bedankte mich noch einmal dafür, am Leben und so geschützt zu sein. In Gedanken versunken trat ich zu dem Teich mit meinen Koi-Karpfen. Sie kamen angeschwommen, denn sie erkannten mich an den Schritten. Ich hielt die Hand ins Wasser, sie sogen an meinen Fingern. Ein Lächeln flog über mein Gesicht. Ich war wieder zu Hause.

Ich weiß nicht, wie lange ich dort stand und die Fische im Teich beobachtete. Kois sind ein starkes Glückssymbol. In Japan sind sie in jeder Tempelanlage zu finden. Es heißt, wenn Kois aus dem Wasser in die Luft sprängen, würden sie sich in Nagas verwandeln, jene mächtigen schützenden Energien, die in China als Drachen verehrt werden.

Meine Kois hatten es gut: Der Teich war klar, ein Wasserfall mündete hinein und sorgte für Bewegung und sauerstoffreiches Wasser. Die Karpfen schwammen so dahin, und ich musste daran denken, dass ich mich selbst oft wie ein Fisch im Wasser gefühlt hatte. Sicher, meine Gewässer waren weit gewesen – sie hatten wie meine Geschäfte die ganze Welt umspannt, sodass ich mich nie eingesperrt gefühlt hatte. Doch beim Schwimmen hatte ich viel Sediment aufgewirbelt. Das Wasser war trüb geworden, ohne dass ich es bemerkt hatte. Ja, ich hatte geglaubt, klar zu sehen, das Leben zu begreifen. Doch in Wahrheit hatte ich überhaupt nichts begriffen. Was sollte mir all das, was ich je getan hatte, denn bringen, wenn das Leben in jeder Sekunde zu Ende sein konnte? Was wusste ich schon, woher ich kam und wohin ich ging? Das trübe Wasser war meine Welt gewesen. Was sollte ich tun? Geduld aufbringen und warten, bis all der Schmutz sich gelegt hatte und ich klar sehen würde? Aber wie lange würde das dauern, und wie nur sollte ich das anstellen?

4

Am nächsten Morgen trat ich den Weg zu meinem Büro an, ganz so, als sei nichts geschehen. Meine Sekretärin hatte meine engsten Mitarbeiter von dem Unfall in Kenntnis gesetzt; längst hatte sich die Geschichte herumgesprochen und verbreitete sich, erreichte Freunde, Bekannte und Geschäftspartner. Sie bestürmten mich mit Fragen, meinten es gut und beteuerten, wie froh sie seien, dass mir nichts passiert war.

Ich wollte kein Aufhebens um das Ganze machen. Also versicherte ich jedem, dass es mir gut gehe, dass es doch gar keine große Sache gewesen sei und nun alles wieder seinen gewohnten Gang nehme. Gerade im Geschäftsleben ist es wichtig, Sicherheit zu vermitteln, und meine Angestellten sahen in mir weit mehr als einen Firmenchef, der unantastbar über ihnen stand. Für sie war ich das Familienoberhaupt, und mein Büro stand jedem offen, der Fragen oder Probleme hatte.

Andererseits war ich selbst eher jemand, der die Dinge mit sich selbst ausmachte. Mein bewegtes Geschäftsleben brachte es mit sich, dass ich nur wenige wirkliche Freunde außerhalb der Firma hatte. Selten wusste ich am Morgen, wo ich am Abend sein würde. Wie sollte ich da eine echte Freundschaft pflegen, in der einer stets für den anderen da ist? Ich trug die ganze Verantwortung für die Menschen in der Firma, und ich tat es gern. Darüber hinaus aber war ich zu jener Zeit allein, und das war gut und richtig so. Ich hatte auch angesichts der Gefahr, in der ich geschwebt hatte, kein Verlangen, von einem anderen gehalten zu werden, geborgen zu sein. Viel stärker war mein Verlangen zu begreifen, was eigentlich in mir vor sich ging.

So saß ich in den folgenden Tagen in meinem Büro, doch anstatt mich in den Fluss des Geschäftslebens zu begeben, stand ich förmlich neben mir. Meine Sekretärin spürte es, doch ich versicherte ihr, dass alles mit mir in Ordnung sei.

In Wahrheit aber war nichts in Ordnung. Immer wieder kam der Gedanke in mir hoch, wie sinnlos doch alles sei. Wenn die Zukunft wirklich so ungewiss war, wie sollte ich da planen und Geschäfte machen? Und vor allem, wozu?

Zum ersten Mal in meinem Leben tat ich meine Arbeit eher lustlos. Zwar wollte ich nicht einfach alles hinwerfen und mich irgendwohin flüchten, aber die Vorstellung, so weiterzumachen wie bisher, war sonderbar. Sie passte nicht.

Immer mehr fragte ich mich, was ich in meinem Leben eigentlich gemacht hatte, was dazu geführt hatte, dass ich hier war, und wohin ich gehen würde, wenn ich einmal nicht mehr wäre. Dabei erinnerte ich mich an die Gespräche mit einigen Mönchen in Thailand, die mich immer darauf hingewiesen hatten, dass alles vergänglich ist. Ich hatte die Worte gehört, in mich aufgenommen und dazu genickt, doch wirklich begriffen hatte ich sie nicht. Das hatte ich erst in jenem Augenblick nachts auf dem Highway nach Penang, als der Laster ausgeschert war und mich von der Überholspur des Lebens geschleudert hatte.

Ich führte meine Geschäfte weiter, demonstrierte Ruhe und Ausgeglichenheit und tat alles, um mir nicht anmerken zu lassen, dass meine Seele sich so gar nicht mehr wohl bei alldem fühlte. Mit jedem Tag wandelte sich etwas in mir. Je mehr Zeit verging, desto mehr baute sich in mir das Bedürfnis auf, mein Leben grundlegend zu verändern. Ich spürte immer deutlicher, dass ich so nicht weitermachen konnte. Alles, was ich bisher getan hatte und noch immer tat, erschien mir zwecklos. Nicht zu wissen, was die nächste Sekunde brachte … Ich könnte von meinem Sessel aufstehen und hinfallen und tot sein. Und was würde dann mit mir geschehen?

Natürlich glaubte ich dies und jenes, hatte vage Vorstellungen, was mit einem nach dem Tod passiert. Aber nur zu glauben – das reichte mir nicht mehr, das durfte mir doch nicht mehr reichen!

Gegenüber meinen Geschäftspartnern und Mitarbeitern gab ich mich nach wie vor ausgeglichen und ruhig, um ihnen Sicherheit zu vermitteln. Da war ein Einschnitt gewesen, ich hatte Glück gehabt, und jetzt ging es weiter. So war halt das Leben …

Aber das konnte doch nicht das *wahre* Leben sein – Geschäfte zu machen, in Sportwagen vor sich hin zu träumen, auf Yachten, in Penthäusern, mit Freunden und Freundinnen das bisschen Freizeit möglichst angenehm zu verbringen, neue Produkte zu entwickeln, zu investieren und immer so weiter und so fort.

Ich hatte mir geschäftlich nie wirklich Sorgen um die Zukunft gemacht, und genau das hatte mir eine Menge Drive verliehen, mich in Bewegung gehalten. Ich hatte agiert und reagiert, war von Land zu Land gereist, hatte gesät und geerntet und wieder gesät. Ich hatte die Strömungen gespürt, den Wind in den Segeln, war auf dem Meer gekreuzt, mit dem Wind, gegen den Wind, wie auch immer es erforderlich gewesen war, um etwas zu erreichen. Doch was war überhaupt der Sinn hinter dem Ganzen?

Da ich mit all meinen Mitarbeitern sehr verbunden war, spürten sie trotz meiner zur Schau gestellten Ruhe, dass ich aufgewühlt war, und fragten sich zunehmend, was sich womöglich für sie ändern würde. Ich wollte meine innere Unsicherheit jedoch nicht hinaustragen, zumal ich noch nicht benennen konnte, was ich in Zukunft anders machen wollte.

Das musste ich allein mit mir ausmachen, dieser Kampf fand ganz in meinem Innern statt. Was auf dem Spiel stand, war weit mehr als ein noch so hoher Gewinn. Überhaupt, wozu war das ganze Geld denn nütze?

Mehr und mehr wurde mir klar, dass sich seit dem Unfall dauerhaft etwas in mir verändert hatte. Ich sah die Dinge seither anders. Ich *war* gewissermaßen schon anders. Und ich würde mein altes Leben nicht einfach so wieder aufnehmen können … Eine Tür war zugefallen. Doch noch hatte sich keine neue Tür geöffnet – zumindest sah ich sie nicht. Gegenwärtig befand ich mich in einem seltsamen Raum zwischen zwei Verbindungstüren – kein Ort zum Verweilen, sondern eher ein kleines Stück Niemandsland. Hier herrschten andere Gesetze, hier wurde eine andere Sprache gesprochen. Hier galten andere Werte; Geld, Besitz, Erfolg brachten mich nicht weiter. Aber was dann? Sollte ich so verharren, vielleicht aufhören zu arbeiten – genug Geld hatte ich ja – und hoffen, eines Tages schlauer zu sein? Konnte das die Alternative sein?

Einige Wochen nach dem Unfall flog ich für zwei Tage nach Bangkok zu meinen beiden chinesischen Geschäftspartnern, einem Ehepaar, das im Lauf der Jahre zu meinen engeren Freunden geworden war.

Ich hatte es mir zur Gewohnheit gemacht, mehrmals im Jahr die Mönche im Norden des Landes und nahe Bangkok zu besuchen. Der Buddhismus ist in Thailand stark in das tägliche Leben integriert. Viele Männer werden im Laufe ihres Lebens zum Mönch – meist nur für drei Monate zu Beginn der Regenzeit, manchmal auch für Jahre oder gar für ein ganzes Leben. Einige gehen vor der Ehe in den Tempel, um zu praktizieren und Wissen zu erlangen, das sie an ihre Kinder weitergeben können. Andere wenden ihre Erfahrungen im Berufsleben an. Selbst der König ist schon Mönch gewesen.

Kurz blitzte in mir der Gedanke auf, selbst als Mönch zu leben, aber das erschien mir zu dem Zeitpunkt irgendwie abwegig. Und so dachte ich nicht weiter darüber nach. Vielleicht war ich auch zu sehr in meinen unaufhaltsam kreisenden Gedanken gefangen. Ich sprach mit den Mönchen über die Vergänglichkeit. Da sich alles in ständiger Veränderung befindet, kann nichts von Dauer sein. Ständig entspringt etwas Neues aus dem, was vorangegangen ist. Ursache und Wirkung ergeben einen ewigen Kreis. Dieser Kreis erinnerte mich zwangsläufig an ein Hamsterrad; auch wenn meines aus feinsten Materialien bestand, trieb ich es immer weiter an.

Ich flog zurück nach Singapur und ging wieder meinen Geschäften nach, verdiente Geld, das ich nicht brauchte, investierte es in Geschäfte, die mich nicht länger interessierten.

Es war merkwürdig. Als ich eines Morgens in meinem Büro saß, über den Schreibtisch mit all seinen Papieren und Dokumenten gebeugt, dachte ich an den Unfall zurück. Mir kamen die Highway-Robber in den Sinn. Scheu hatten sie sich genähert, um mir Geld, Kreditkarten, den goldenen Füller und all die Insignien meines Geschäftslebens zurückzugeben. Mir, der ich all das seit jenem Augenblick doch gar nicht mehr wollte.

Während mir mein bisheriges Leben immer unbedeutender erschien, kam langsam eine neue Wichtigkeit in mir hoch. Ich wollte nicht länger in diesem Rad stecken. Doch noch hatte ich keine Vorstellung, wie ich das anstellen sollte.

Meine Sekretärin spürte als Erste, dass ich kurz davorstand, eine Entscheidung zu treffen. So war sie auch nicht sonderlich überrascht, als ich sie davon in Kenntnis setzte, dass ich mich für einige Tage zurückziehen wolle. Das Umfeld in der Firma war zwar harmonisch, aber zu hektisch, zu laut, um eine Antwort auf meine innersten Fragen zuzulassen, und viel zu abgestimmt auf das Leben, das ich nicht länger führen wollte.

Ich bat sie, keinerlei Telefonate zu mir durchstellen zu lassen, und zog mich in mein Penthouse zurück. Den beiden Hausmädchen gab ich frei. Ich wollte allein sein. Denn ich musste endlich aufhören, allen anderen etwas vorzugaukeln, und stattdessen zu einer Entscheidung finden.

Wissen, wirkliches Wissen … Wo nur konnte ich das erlangen? Und wie?

5

Die folgenden drei Tage verbrachte ich allein in der Abgeschiedenheit meiner Wohnung. Nur so konnte die Antwort, die sich in mir verbarg, ans Licht kommen.

Ich ging in mich. Meine zentrale Frage drehte sich darum, wie ich Wissen erlangen konnte – wirkliches, tiefes Wissen –, kein Ahnen, Vermuten oder Glauben.

In Singapur traf man auf eine Fülle von Religionen – Zen-Buddhisten, chinesische Buddhisten, Moslems, Hindus, Christen und einige mehr. Ich hätte zu jedem ihrer Priester gehen und ihn nach der Wahrheit fragen können, und jeder hätte mir seine eigene Version dieser Wahrheit erzählt. Davon hatte ich genug. Rund um mich herum konnte ich keine Antwort finden. Also musste ich wohl in mir selbst anfangen zu suchen.

Ich meditierte viel. Dabei versuchte ich, mich auf den Atem zu konzentrieren und die Gedanken und Gefühle zu unterdrücken, um neuen Energien die Möglichkeit zu geben, ans Licht zu gelangen.

Irgendwie ahnte ich, dass die Antwort auf meine Frage – die wirkliche Energie nämlich – bereits in mir war und nur darauf wartete, zum Tragen zu kommen.

Ich aß nur wenig. Wenn ich nicht meditierte, saß ich meist

da, schloss die Augen und betrachtete meine Gedanken. Immer wieder kam mir eine Geschichte Buddhas in den Sinn, in der einer seiner Schüler ihn fragte:

»Warum ist unser Leben auf dieser Welt so veränderlich mit all seinen Höhen und Tiefen? Wir gehen durchs Leben, werden krank, werden wieder gesund, ärgern uns, freuen uns, sind traurig, glücklich, sammeln Besitztümer an, heiraten, bekommen Kinder. Und zum Schluss, wenn wir sterben, können wir doch von alldem nichts mitnehmen. Nichts gehört wirklich uns. Wieso ist das so?«

Buddhas Antwort darauf lautete: »Weil wir geboren wurden.«

Als ich diese Worte zum ersten Mal gelesen hatte, waren sie noch nicht wirklich in mein Innerstes vorgedrungen. Ich war mitten im Fluss des Lebens gewesen und hatte den verborgenen Sinn nicht erkennen können. Dennoch war er nicht von der Hand zu weisen: Wenn ich nicht geboren worden wäre, säße ich jetzt nicht hier. Ich hätte nicht gearbeitet und expandiert und einen Unfall überlebt und würde mir auch diese Frage nicht stellen.

Aber was kann dann der Sinn unseres Daseins auf der Welt sein? Wieso sind wir hier? Was war davor, was kommt danach? Ist all unser Tun hier wirklich umsonst?

Je länger ich darüber nachdachte, desto öfter drängte sich mir die Frage auf: Warum wurden wir geboren?

Während ich diesem Gedanken nachhing, spürte ich, dass sich etwas in mir veränderte. So, als sähe ich einen Schimmer Licht am Ende eines Tunnels, der mir den Weg aus der Trübheit meiner Gedanken wies.

Ich erhob mich von der Couch und trat hinaus auf die

Dachterrasse. Ein leichter Wind wehte und vertrieb die Nebelschwaden, die sich um mich gelegt hatten.

Wir werden geboren – wieder und immer wieder. Buddhas Lehre zeigt uns auf, wie wir aus diesem Kreislauf der Wiedergeburten aussteigen können. Und er weist uns den Weg des Wissens und der inneren Erkenntnis.

Ich ging hinüber zum Karpfenteich. Das Wasser war klar. Auch mir kam es so vor, als dringe mit einem Mal eine neue Klarheit zu mir durch.

Ich wollte das Wissen in mir selbst erarbeiten. Die damit einhergehenden Erkenntnisse wollte ich in eigene Erfahrung umsetzen. Der einzig richtige Weg war, mich selbst in eine Lage zu versetzen, die es mir erlaubte, dieses Wissen in mich aufzunehmen. Demzufolge musste ich alles Bisherige abladen, damit das neue Wissen Raum hatte, in mir zum Tragen zu kommen.

Die buddhistischen Mönche in Thailand kamen mir wieder in den Sinn, die sich genau darauf spezialisiert hatten. Was mir an Buddha selbst immer imponiert hatte, war, dass er während der Zeit, als er durch das Land zog, um zu lehren, nie verlangt hatte, ihm zu folgen oder ihm zu glauben. Nein, seine Lehre besagte: Probier es selbst bei dir, in dir.

Das war es!

Es geschah am dritten Tag meines Rückzugs, dass all die Gedanken der vergangenen Wochen endlich in eine Entscheidung mündeten: Ich würde alles abgeben, was ich hatte, und als Bettelmönch in Thailand leben. Das hieß: ein Armutsgelöbnis abzulegen und darauf angewiesen zu sein, von den Gaben anderer Leute zu leben, ohne sie danach fragen zu dürfen.

Als Unternehmer hatte ich Geld verdient, viel Geld. Als Überlebender hatte ich begriffen, dass es mir letzten Endes nichts brachte. Als Bettelmönch aber – da war ich mir mit einem Mal ganz sicher – würde ich wahrhaftig reich werden, wenn ich mich voll und ganz darauf einließ.

6

Ich fühlte mich ähnlich wie zweiundzwanzig Jahre zuvor, als ich die Entscheidung getroffen hatte, Deutschland zu verlassen und nach Singapur zu gehen. Eine Tür hatte sich geschlossen, eine andere tat sich auf. Ich wollte vorwärtsgehen und nicht länger verharren. Es gab kein Zurück mehr. Und es war, als hätte alles nur darauf gewartet, dass ich Klarheit erlangte und mich auf meine innere Stimme einließ. Nun galt es bloß noch, meine Angelegenheiten zu regeln. Dann würde ich erneut aufbrechen, in das größte Abenteuer meines Lebens: die Erkenntnis meiner selbst.

Seit ich meine Entscheidung gefällt hatte, lief alles wie am Schnürchen. Oft hatte ich im Leben bei anderen und bei mir selbst beobachtet, dass wir uns im Innern eigentlich längst entschieden haben, aber noch an Altem festhalten und uns gegen die Veränderung sträuben, und wenn es noch so viel Kraft kostet …

Hätte ich den Unfall nicht gehabt, hätte ich womöglich keine Notwendigkeit gesehen, etwas zu verändern, und würde immer noch in meinem Rad des Lebens feststecken. Ich hatte diesen Zustand nie als Leid empfunden und daher nicht einmal daran gedacht, mich daraus zu befreien.

Als Buddha im Alter von neunundzwanzig Jahren beschloss, die Wahrheit zu suchen, nachdem er einen alten, einen toten und einen kranken Mann gesehen hatte, war er sich nicht zu schade gewesen, fünf Jahre im Wald zu leben und sich von Wurzeln und Kräutern zu ernähren. Auch wenn er als Prinz behütet aufgewachsen und verehrt worden war, so hatte er das Leiden der Menschen sehr wohl bemerkt. In der Folge suchte er nach einem Weg, wie man sich von diesem Leid mit aller Konsequenz befreien konnte.

Es dauerte, bis ich begriff, was Buddha wirklich mit Leid meinte. Leid – das ist alles, was uns im Rad des Lebens gefangen hält, und nicht nur das Leid, das wir mit unserem üblichen menschlichen Verständnis als solches bezeichnen würden. Es ist dieser unbefriedigende Zustand der momentanen Vergänglichkeit, die sich in jedem Augenblick unseres Lebens zeigt, ohne dass wir sie bewusst wahrnehmen. Alles hängt immer an einem seidenen Faden. Was jetzt so ist, kann in der nächsten Minute schon ganz anders sein, und das unaufhörlich, fortwährend durch unser ganzes Leben hindurch.

Ich war in einem Traum gefangen gewesen. Zugegeben, es war ein schöner Traum, der mir viele von den Dingen beschert hatte, nach denen sich Menschen gemeinhin sehnen … Dieser ganze Zirkus aus schnellen Autos, edlem Design, schönen Dingen, aus leichten Eroberungen, Erfolg und wieder Erfolg auf der ganzen Linie. Doch wie es sich so mit Träumen verhält, schmeckte auch dieser nach dem Aufwachen schal und war doch nichts weiter als eine billige Illusion von Wahrheit. So viele Menschen hätten dem nachgeeifert, was ich mir erarbeitet hatte. Dennoch zählte nichts von dem, was ich getan hatte, wirklich. Im Angesicht des Todes ist es völlig gleich, was man erreicht hat, was man besitzt.

Noch einmal bedankte ich mich an diesem dritten Tag meines Rückzugs bei allen Energien, die mich beschützt hatten. Das Glück, das ich gehabt hatte, als ich den Unfall überlebte, bekam angesichts meiner gegenwärtigen Erkenntnisse eine andere Bedeutung. Ich hätte nicht nur sterben können – ich hätte völlig unwissend sterben können.

Den Rest des Tages verbrachte ich mit der Überlegung, wie ich vorgehen sollte, um meine Besitztümer umzuladen. Ich könnte verkaufen und den Erlös spenden oder alles verschenken oder aber einen Teil verschenken und den anderen spenden. Wie auch immer, es würde sich finden. Wichtig war allein – das spürte ich –, alles abzugeben, mit aller Konsequenz.

Für andere Menschen mag es durchaus einen weniger radikalen Weg geben. Auch ein Funke kann ein inneres Feuer entzünden, und nicht jeder, der in seinem Leben Wissen in sich erwerben und verankern will, muss es auf meine Weise tun.

Doch mir ging es um mehr. Mir hätte es nicht gereicht, morgens und abends zu meditieren, Gutes zu tun und im Randbereich der Welt auszuharren. Was ich tat, das tat ich ganz. Und aus diesem Grunde existierte für mich auch kein halbherziger Weg. Ein bisschen abgeben oder für drei Monate als Mönch leben, wie es in Thailand so viele taten, war mir nicht genug. Ich durfte mich nicht selbst einschränken, indem ich mir kleine Ziele steckte, die von der Natur meines menschlichen Verstandes her limitiert sein mussten.

Viele Menschen würden einen solchen Schritt aus einem Sicherheitsbedürfnis heraus nicht tun. Doch was war schon sicher? Einzig die Vergänglichkeit. Ich musste nur an die

Nacht des Unfalls denken, um mir dies zu vergegenwärtigen. Warum also an etwas festhalten, das sich nicht festhalten ließ? Eine Scheinsicherheit wollte ich mir auf keinen Fall bewahren.

Außerdem sah ich zu jener Zeit nichts mehr als sicher an, nicht mal die nächste Sekunde. Ich wusste auch nicht, ob ich wirklich ein guter Mönch werden würde, ob ich genug Wissen, tiefes Wissen in mir etablieren könnte. Der Gedanke hielt mich jedoch nicht davon ab, diesen Schritt zu gehen.

Warum ich so extrem handelte, war mir durchaus klar. Ich kannte mich doch: Hätte ich auf meinem weiteren Weg auch nur einen geringen Anteil der Firma behalten, so hätte dieser meinen Geist immer auf irgendeine Weise beschäftigt und einen Teil von mir in Beschlag genommen. Mein Verstand hätte tausend Fragen gestellt, hätte kontrollieren wollen, ob die anderen es richtig machten oder alles »in den Keller rannten«. Gedanken waren nun einmal so – das hatte ich begriffen –, und ich wollte mir die bestmögliche Chance geben. Denn selbst wenn alles schiefging mit dem Mönchsein, dann blieb mir immer noch die Möglichkeit, etwas ganz Neues anzufangen.

Ich wollte mich der Suche nach der Wahrheit auf keinen Fall halbherzig hingeben. Wenn man die wirkliche Wahrheit finden möchte, dann muss man als Erstes ehrlich und wahrheitsgetreu zu sich selbst sein.

7

Am folgenden Morgen rief ich meine Finanzdirektorin und den Technischen Direktor zu mir ins Büro. Nacheinander sah ich ihnen in die Augen und begann zu reden. Ich sprach von meinen Überlegungen, darüber, was mich in den Wochen seit dem Unfall bewegt hatte, und schließlich von meinem Entschluss, Mönch zu werden.

Beide hatten längst gespürt, dass sich eine Veränderung anbahnte, aber ihre erstaunten Gesichter verrieten mir, dass sie nicht mit einer derart drastischen Entscheidung gerechnet hatten. Sich etwas mehr zurückzuziehen von den täglichen Geschäften, sich mehr Zeit zu nehmen für sich selbst, ja – aber gleich Mönch werden? Der Gedanke stand ihnen förmlich auf die Stirn geschrieben. Aber das war noch nicht alles: Ich hatte nämlich vor, den beiden die Firma zu überschreiben.

Sie hatten immer mit viel Engagement gearbeitet und mir auch in schwierigen Zeiten den Rücken freigehalten. Beide waren mit der Firma groß geworden und tief verbunden; sie hatten genau beobachtet, wie ich meine Geschäfte tätigte. Meine Art, mit Kunden umzugehen, war ihnen ebenso vertraut wie die Ethik, die hinter meiner Firmenführung steckte. Als sich ihre Verblüffung legte und ich ihre Gesichter sah, wusste ich, dass meine Entscheidung richtig gewesen war. Da blitzte keine Habgier auf, im Gegenteil: Sie versuchten, mich von einem derart drastischen Schritt abzubringen, und meinten, ich solle mir mehr Zeit geben, um mir das alles doch noch einmal genau zu überlegen.

Doch was sie nicht wissen konnten: Ich hatte mich bereits entschieden, für mich gab es kein Zurück mehr. Vielleicht hatte ich deshalb niemanden in meine Entscheidungsfindung mit einbezogen, um nicht von mir selbst abgelenkt zu werden. Oft muss man allein sein, um seinen Weg zu erspüren und dann auch den ersten Schritt zu tun. Und obgleich ich zu keinerlei Kompromissen bereit war, was meine Entscheidung anging, hieß das nicht, dass ich einfach alles liegen und stehen ließ.

Während ich es innerlich kaum noch erwarten konnte, endlich alles unter Dach und Fach zu haben und frei zu sein, beschäftigten mich die bürokratischen Einzelheiten täglich bis tief in die Nacht. Das Penthouse in Singapur, das Condominion in Penang und das Flat in Hongkong überschrieb ich der Holding. Einen Großteil meines Besitzes stiftete ich dem Kuan-Yin-Tempel in Singapur. Mit seinen wohltätigen Einrichtungen wie dem Altersheim konnten die Nonnen die finanzielle Unterstützung gut gebrauchen. Ich selbst hatte mich im Kuan-Yin-Tempel immer willkommen und inspiriert gefühlt. Das Prinzip der universellen Liebe barg eine tiefe Heilkraft in sich. Auch wenn ich in den vergangenen Tagen nicht mehr in den Tempel gegangen war, sondern in mir selbst nach Antworten gesucht hatte, so hatte ich mich doch mit den Energien dort verbunden gefühlt.

Buddhas Lehre richtet sich an den Einzelnen. Alles, was

geschieht, hat mit uns zu tun. Es geht nicht darum, immer mehr zu wollen, sondern immer weniger: Ballast abzuwerfen, frei zu werden, das ewig fordernde Ich abzuschütteln. Ist das Herz leer, ist es allem gegenüber frei, kann alles frei empfangen werden.

Während ich meine Sachen fortgab, warf ich Ballast ab, der mich mit der Welt verwoben hatte. Und es war egal, ob ich arm gewesen war oder reich. Alles, was man sein Eigen nennt, was man fühlt oder denkt, kann zu Besitz und zu Besetztheit führen. Wie oft halten wir an schwierigen Lebenssituationen fest, weil wir Angst haben vor dem Ungewissen, vor dem Nicht-Wissen, was danach kommt. Sei es eine unbefriedigende Arbeitsstelle, eine schmerzliche Beziehung, ein Haus, das wir finanziell kaum halten können – das Prinzip hinter alldem ist immer das Gleiche. Ich hatte direkt erfahren, dass mich nichts trennte von anderen Menschen, dass ich genauso sterblich war und keines der Privilegien, die ich jahrelang genossen hatte, mir in Wahrheit Sicherheit bescherte. Gewiss hatte ich angenehmer gelebt als die meisten Menschen auf diesem Erdball, und ich war dankbar, tief dankbar, dass ich den Unfall ohne jegliche Verletzung überlebt hatte. Mein innerer Drang, darauf angemessen zu reagieren, war sehr stark. Ich war überzeugt, es war nicht nur der Airbag des Autos gewesen, der mich gerettet hatte. Ich hatte eine Chance bekommen, und die wollte und würde ich nutzen.

Als Nächstes galt es, sich um die Menschen in meinem Leben zu kümmern. Eine feste Beziehung hatte ich zu dieser Zeit keine, was die Loslösung von meinem alten Leben sehr erleichterte. Doch es gab andere zwischenmenschliche Verpflichtungen. Die beiden Hausmädchen fanden eine neue Anstellung, sodass für sie gesorgt sein würde. Meinen Angestellten und Mitarbeitern versicherte ich, dass ihre Arbeitsplätze nicht in Gefahr seien. Die Geschäftskunden bereitete ich auf die veränderte Situation vor; ich schrieb Briefe und Empfehlungen für meine beiden Nachfolger und betonte mein volles Vertrauen in sie. Bis zum Schluss wurden die zwei nicht müde, mir zu versichern, dass ich jederzeit zurückkommen, meine Entscheidung zurücknehmen, wieder einsteigen könne.

Doch sie spürten, dass ich fest entschlossen war. Und sie begaben sich immer mehr in den Fluss, der für eine übergangslose Übernahme nötig war. Ich hatte richtig gefühlt: Sie waren von ihrer Bereitschaft und ihrer Kapazität her in der Lage, über sich hinaus- und in die neue Aufgabe hineinzuwachsen.

Je mehr ich abstieß und losließ, desto klarer wurde mir, was ich in den gut zwanzig Jahren in Asien alles zustande gebracht hatte. Wir hatten wirklich ganze Arbeit geleistet. So viel Lebensenergie war hineingeflossen in den Aufbau meines kleinen Imperiums, so viele Ideen waren eingebracht und umgesetzt worden. Wie hatten wir zusammengehalten in den ersten Jahren und auch später noch! Die Firma – oder besser: die Art, wie ich meine Geschäfte geführt hatte – war mein Leben gewesen. Jetzt aber wollte ich nichts wie weg.

Nur wenige konnten die Konsequenz meiner Entscheidung begreifen. »Du weißt doch noch gar nicht, wie das sein wird!«, hielten sie mir entgegen. »Was tust du denn, wenn das schiefgeht? Park doch deine Sachen erst mal irgendwo sicher …«

Aber ich wollte es wirklich wissen. Wollte ehrlich mit mir selbst sein. Und das ging nur so.

Hätte ich in dieser Zeit auch nur einen kleinen Anteil weiter besessen, hätte ich niemals wirklich loslassen können. Es wäre ein Teil von mir geblieben und hätte mich weiter beschäftigt gehalten. Zu groß wäre dann die Gefahr gewesen, wieder hineingezogen zu werden, wenn Rat gebraucht würde oder Not am Mann wäre. Wie weit aber hätte ich gehen können, wenn mich die mentale Kette noch immer gefangen gehalten hätte?

Wenn man einen Baum fällt, die Wurzel jedoch in der Erde belässt, so kann er leicht wieder neue Triebe entwickeln. Unter den richtigen Wetterbedingungen kann ein neuer Baum heranwachsen, der genauso kräftig wird wie der erste. Nur wer in seinem Leben ernsthaft und lange genug praktiziert hat und den Zustand des mentalen Loslassens permanent in sich realisiert und verankert hat, kann sich geschäftlich betätigen, sich in Beziehungen zu anderen Menschen begeben und sich trotzdem dabei nicht verlieren. Auf dem Weg dorthin und speziell mit der richtigen Art der Meditation kann er alles, was ihm widerfährt, als Übung betrachten, das Bewusstsein zu schärfen und zu trainieren und alle mentalen Formationen, was immer es auch sein mag, loszulassen. Jemand, der einen solchen dauerhaft hohen Zustand des Bewusstseins in sich realisiert hat, hat sich ent-wickelt. In jedem Stadium davor ist die Gefahr groß, dass ein neuer Baum aus der alten Wurzel heranwächst und er wieder von alten Mustern überwuchert wird.

Ich wusste sehr wohl, dass es mir nicht gelingen würde, im Schatten meines alten Lebens zu wachsen. Deshalb war ich bereit dazu, die Wurzeln mit herauszureißen und alles, aber auch wirklich alles wegzugeben.

Selbst wenn ich keinen Kratzer abbekommen hatte, so

hatte der Unfall sich regelrecht in mich eingebrannt. Er hatte mich aufgeweckt, mich aus dem Schlaf, der Welt der Illusionen gerissen. Ich konnte es mir nicht erlauben, noch einmal einzuschlafen. Was sollte denn sonst noch geschehen, um mich endgültig aufzuwecken?

Während ich damit beschäftigt war, meine Angelegenheiten zu regeln, verdichtete sich in mir der Wunsch zu erkennen, was es mit dem Leben auf sich hat. Es gab nichts, das mich mehr erfüllte, mehr antrieb. Manchmal saß ich abends auf meiner Dachterrasse, sah zu den Sternen auf. Dann wurde der Wunsch zur Sehnsucht, wahrhaft teilzuhaben an den Geheimnissen des Lebens, und ich schwor mir, nicht aufzugeben, was immer da auf mich zukam.

Im Grunde fehlte mir die Vorstellung, wie es denn wirklich sein würde, als Mönch zu leben. Wo würde ich hingehen? In den Wald, ganz allein? In einen kleinen Tempel? Ich wusste es nicht, doch es würde sich bestimmt binnen Kurzem ergeben. So ist es doch immer. Ein Schritt nach dem anderen ergibt letztlich einen Weg.

In manchen Stunden fragte ich mich auch, wie ich als Europäer aufgenommen werden würde. Ich sprach bis auf ein paar dürftige Brocken überhaupt kein Thai, und auch die Schrift konnte ich nicht lesen. Wann sollte ich das lernen? Hier in Singapur hatte ich nicht genug Zeit, es musste warten. Dann kamen mir all die Mönchsregeln in den Sinn, die vielfältigen Aufgaben, die Art und Weise, wie man sich als Mönch verhält. Ich wusste überhaupt nicht, wie sich das Leben als Mönch gestalten würde, geschweige denn, wo. Doch ich gab der Unsicherheit keinen Raum, in mir Wurzeln zu schlagen. Es würde sich schon alles finden.

Eines Abends rief ich meine Freunde in Bangkok an und erzählte ihnen von meinem Entschluss. Sie freuten sich mit mir und baten mich, mir meine Mönchsrobe und was immer sonst noch zur Unterstützung nötig war, geben zu dürfen. In Thailand gilt es als große Ehre, einen Mönch auszustatten. Man tut Gutes und erwirbt sich Verdienste, weil man jemanden darin unterstützt, die Lehre des Buddha zu praktizieren. Da man als Mönch nichts besitzen darf, geben normalerweise Freunde oder Familienmitglieder dem werdenden Mönch das Nötigste mit auf den Weg: ein Paar Slipper, einen Schirm, ein Moskitozelt, Waschzeug, Zahnbürste, Seife, Handtücher, ein wenig Proviant für die ersten Tage, ein Buch vielleicht …

Der Gedanke an mein künftiges Leben und seine Einfachheit rührte etwas in mir an. Wenn ich mich umschaute und all die erlesenen Dinge besah, die mich umgaben, spürte ich die Illusion, die ihnen innewohnte. Hier ein Bild, dort eine Skulptur, ein technisches Spielzeug vom Feinsten, die Stereo-Surround-Anlage – alles Dinge, die für Wohlbefinden sorgen sollten. Immer deutlicher spürte ich, wie sehr mich diese Dinge in Wirklichkeit störten. Sie lenkten mich ab vom eigentlich Wichtigen, nämlich: das Wohlbefinden in mir selbst zu finden, dort, wo es von Dauer war, wo ich es immer mit mir trug und von wo aus es strömte und sich entfaltete und alles rund um mich herum erblühen ließ. Wenn mein Blick durch meine Wohnung schweifte, spürte ich, dass ich an keinem der Dinge hing. Obwohl … so ganz stimmte das nicht, wenn ich ehrlich war. Eine Ausnahme gab es: die Kois, meine Zierkarpfen. Es versetzte mir einen Stich, als ich daran dachte, dass ich auch sie weggeben musste. Ich würde schon bald einen guten Platz für sie finden müssen.

Manche meiner Bekannten hielten mich womöglich für einen realitätsfernen Menschen, einen Träumer. Doch für mich verhielt es sich anders. In meinen Augen entfernte ich mich gerade aus der Geschäftswelt mit all ihren vergänglichen Illusionen, die zum Lebensinhalt hochstilisiert wurden, um in die reale Welt unserer Existenz zu gelangen.

Hat nicht schon jeder von uns das Gefühl gehabt, dass es mehr geben muss? Weshalb haben wir die Verantwortung abgelegt, selbst danach zu suchen? Glauben heißt nicht wissen, dahinter steht eine glasklare Logik. Wann wurden wir so bequem, so willig, anderen zu glauben? Was projizieren wir auf dieses »Mehr«, das es geben muss? Einen gütigen Vater, der uns am Ende vergibt? Ein wissenschaftliches Rätsel, das wir durch unsere mit Instrumenten verlängerten Sinnesorgane erforschen wollen? Wieso haben wir begonnen, alles im Außen zu suchen und nicht in uns selbst?

Nein, ich fühlte mich nicht als Träumer. Güter, Gedanken, Gefühle – all das ist vergänglich. Der Körper, die Erde, die Sonne ebenso wie das ganze Universum. Bestehen wir Menschen nicht aus demselben »Sternenstaub« wie alles im Universum? Wir sind aus den gleichen Kleinstpartikeln zusammengesetzt, nur in einer anderen Kombination.

In mir herrschte eine solche Aufbruchstimmung. Ich fühlte mich wie einer der frühen Seefahrer, die überzeugt davon waren, dass es noch eine andere Welt außer der ihnen bekannten geben müsse, die beseelt von dieser Überzeugung den Anker lichteten und die Segel hissten. Ich war ihnen ähnlich – doch auch meine Yacht gab ich fort. Denn ich wusste, dass ich diese andere Welt nur in mir finden und kein Schiff mich dorthin bringen konnte. Da brauchte es keine Vehikel mehr außer die des Geistes, der mentalen Energie. Ich brauchte nur mich selbst.

Wochen verstrichen und verdichteten sich zu Tagen. Ich musste die Kois einfangen und redete dabei gedanklich mit ihnen, dass ich sie zum großen buddhistischen Tempel mit dem schönen Teich bringen würde. Als ich sie dort freiließ, spürte ich Wehmut im Herzen. Ich sah ihnen zu, wie sie davonschwammen, meine stummen Gefährten, die mich immer begrüßt hatten, wenn ich mich ihren Gefilden genähert hatte. Jetzt blieb nur ein letzter Blick. So fühlte sich Abschied an, und ich spürte ihn nur dieses eine Mal.

Der letzte Tag in der Firma rückte näher. Ich hatte einen Brief an die Mitarbeiter aufgesetzt, in dem ich mich für ihr Engagement bedankte, ihnen meinen Entschluss mitteilte und sie bat, ihre Loyalität künftig meinen beiden Nachfolgern zu schenken. Der Abschied fiel gänzlich unspektakulär aus. Ein letzter Händedruck hier, eine Umarmung da – und ich war frei.

Als die Tür hinter mir ins Schloss fiel, atmete ich auf. Ich schaute nicht zurück.

Nie wieder habe ich mich seither damit beschäftigt, was aus der Holding geworden ist. Ob die Firmen florierten, verkauft wurden, pleitegingen – es war nicht länger meine Angelegenheit. Ich hatte sie losgelassen, ganz und gar.

Von meinen Freunden hatte ich mich peu à peu verabschiedet, die beiden Hausmädchen hatten ihre neue Stelle angetreten. Alles war geregelt.

Ich fuhr ins Penthouse, packte die Handvoll Kleider zusammen, die ich behalten hatte, dazu einen Rest Geld für die nächsten Tage – und ließ eine weitere Tür hinter mir zufallen.

Dann stieg ich ins Taxi zum Flughafen. Eine große Abschiedsdelegation hatte ich mir nicht gewünscht. Ich konnte es kaum erwarten, endlich nach Bangkok zu gelangen.

8

Die Stadt der Engel hatte sich in den letzten Jahren immens gewandelt. Die Wirtschaft boomte, und Bangkok war zum Handelsknotenpunkt zwischen Europa und Asien geworden. Hier trafen West und Ost aufeinander, schufen Spannungen, vermischten sich nur zögerlich. Hochhäuser schnitten in den Himmel, um die wachsenden Menschenmengen in den Ballungsgebieten aufzunehmen – unpersönliche Bauten, die den naturverbundenen, geselligen Thai kein wahres Zuhause gaben. Und so waren die Straßen, durch die ich vom Flughafen zum Haus meiner Freunde fuhr, ein seltsames Gemisch aus Verkehrsweg und Lebensraum.

Die Bürgersteige waren voll von Menschen, spielenden Kindern, Garküchen mit ihren würzigen Gerüchen, eilig aufgestellten Stühlen zum Sitzen in einer Luft, die zur Hauptverkehrszeit zum Schneiden war. Auf den Straßen staute sich der lärmende Verkehr; Mofas wanden sich zwischen knatternden Lieferwagen, schnurrenden Limousinen und sperrigen Fahrradrikschas hindurch.

Etwas wehmütig dachte ich an meine erste Reise nach Thailand in den Siebzigern, als noch die *Klong* – die Wasserwege – das Stadtbild bestimmt hatten. Die meisten Häuser hatte man damals per Boot erreichen können. Das war noch ein beschaulicheres Leben gewesen, dem viel zum Opfer gefallen war. Die schwimmenden Märkte in Thonburi waren heute eines der Top-Touristenziele, Relikte aus einer Zeit, da der Asphalt noch haltgemacht hatte vor dem innersten Wesen dieses Volkes, das dem Element Wasser so nah und verbunden ist.

Am Tag nach meiner Ankunft begleiteten mich meine Freunde auf meinen Wunsch hin zum Königspalast. Wir wanden uns durch den Verkehr, passierten Wolkenkratzer, die sich um den Chao-Phraya-Fluss drängten und die kleinen prunkvollen Tempel wie Zeugen aus der Vergangenheit erscheinen ließen. Einst waren sie das geistige Zentrum gewesen. Orte, an denen stille Einkehr gehalten wurde, wo Alte und Kranke Aufnahme fanden, Kinder ihre Ausbildung erfuhren und Menschen sich zurückzogen, um Wissen zu erlangen. Das war noch immer so, doch in gewisser Weise schienen die massigen Hochhäuser die kleinen, fragilen Bauten mit ihren gebogenen Dächern in den Schatten stellen und erdrücken zu wollen. Dennoch strahlten sie eine solche Ruhe und Erhabenheit aus, dass sie wie Oasen des Geistes in einer hektischen Welt wirkten, die immer verzweifelter um Konsum und Äußerlichkeiten kreiste.

Meine Freunde hatten mir ein englisches Buch besorgt, das die zweihundertsiebenundzwanzig Trainingsregeln des Mönchseins erklärte und eine Einführung in das Leben in den Tempeln und der Gemeinde des Praktizierenden darstellte. Doch Worte schufen nur ein lückenhaftes Bild von dem, was gelebter Buddhismus bedeutet. Die Tiefe musste ich selbst erforschen.

Als wir uns dem Königspalast näherten, wichen die modernen Bauten den ehrwürdigeren Ministerien, den Museen und Universitäten. Die Marktplatz-Atmosphäre der wirren Gassen und Straßen wandelte sich, alles schien erhabener, und auf den Geschäftsstraßen mit ihren Banken und exklusiven Läden waren kaum Menschen zu sehen. Mein Blick suchte den Tempel des Königs, den Wat Phra Keo, dessen goldener Chedi weit über die weißen Mauern rund um den Palastbezirk ragte.

Wir parkten nahe dem Eingang im Süden und stiegen aus. Es war nicht das erste Mal, dass ich das Palastgelände betrat. Die märchenhafte Pracht im Innern der Mauern lässt keinen der unzähligen Besucher unberührt. Doch ich war erfüllt von einer neuen Wertigkeit, einem inneren Drang, mich der geistigen Suche hinzugeben, sodass es mich förmlich hinzog zur Kapelle, dem Bot des Jadebuddhas. Ich zog die Schuhe aus, trat in den Bot und setzte mich auf den kühlen Boden, die Augen auf den smaragdenen Buddha gerichtet. Als ich sie schloss, fühlte ich, wie alles von mir abfiel. Stille kehrte ein, und es fiel mir leicht, mich auf meinen Atem zu konzentrieren.

Schon oft hatte ich im Angesicht eines Buddhas gesessen und meditiert. Nun aber spürte ich die Hingabe, die sich in mir mit jedem Atemzug vertiefte. Ich vertraute mich dem Buddha an. Ich war beseelt von jener tiefen Ernsthaftigkeit, die wahrer innerer Freude vorausgeht, einer Feierlichkeit, die wir als Kinder instinktiv empfinden und als Erwachsene oft an den falschen Orten und mit den falschen Mitteln suchen. Meditation hatte mir immer Ruhe und Ausgeglichenheit beschert und Augenblicke geschaffen, in denen die reine Essenz des Glücks mich berührt hatte. In dieser Stimmung bat ich den Buddha, mir meinen Weg zu zeigen. Denn noch immer wusste ich nicht, an welchem Ort in Thailand ich die innere Suche nach mir selbst beginnen sollte, auch wenn es nur mehr ein kleiner Schritt war, der mich vom Mönch-Sein trennte.

Wie klein dieser Schritt wirklich war, erfuhr ich, als wir den Palastbezirk verließen. Mitten auf der Straße begegnete ich einem alten Bekannten aus Singapur, den ich Jahre nicht gesehen hatte. Er war auf dem Weg zum Wat Arun, dem Tempel des Sonnenaufgangs, der auf der anderen Seite des Flusses liegt. Er wollte dort mit einigen Mönchen reden, die er schon seit Längerem kannte.

So war Thailand, so ist es immer noch … Buddhistisches Gedankengut durchdringt die Menschen, die Gesellschaft, das tägliche Leben, und auch wenn in den Städten die Luft das Atmen schwermacht und die Fülle der Eindrücke, die ganze Geschäftigkeit die innere Ruhe übertönen, so haben die meisten Menschen ihre Wurzeln noch nicht verloren.

Wir überquerten die Straße und ließen den kleinen Markt mit seinen strengen Gerüchen hinter uns. Ein Steg führte uns zum Pier und dem Fährboot, das uns über den Chao Phraya brachte. An diesem Morgen war der Fluss ruhig, er strömte träge dahin. Die Erde des Landes hatte dem Wasser einen ockerfarbenen Ton verliehen; dann und wann trieben Seerosen an uns vorbei. Binnen Minuten ließen wir die wackligen Pfahlbauten hinter uns und näherten uns dem anderen Ufer. Hoch ragten die Türme des Wat Arun auf, ganz mit chinesischem Porzellan und Glas geschmückt – Rosetten, Figuren, Symbole, die in der Morgensonne leuchteten. Den höchsten der fünf Türme, der für den Berg Meru steht, hatte ich schon mehrfach bestiegen. Die Stufen wurden immer steiler, je höher man kam. Es war schwierig, bis zur obersten Ebene zu gelangen, aber wer es schaffte, konnte die Gottheiten der vier Himmelsrichtungen verehren und sich ihren Schutz erbitten.

Die Mönche empfingen uns in ihren einfachen Unterkünften. Mein Bekannter stellte mich vor und erzählte, dass ich vorhatte, Mönch zu werden. Ein leichtes, kaum wahrnehmbares Lächeln überflog ihre Gesichter. Auch meine beiden chinesischen Freunde waren mitgekommen – zwei unermüdliche Begleiter, die sich geehrt fühlten, mich bei meiner Suche unterstützen zu dürfen.

Während ich dort saß und dem Gespräch lauschte, erzählte einer der Mönche von einer Insel im Nong Han, dem größten Binnensee Thailands, der im Nordosten, dem Isaan, gelegen ist. Ich kannte die Gegend nicht, aber etwas ließ mich aufhorchen.

»Wie heißt die Insel?«, wollte ich wissen.

»Don Savan«, antwortete der Mönch.

Ich fühlte, wie sich mir die Haare aufstellten. Don Savan … Der Name hallte in mir nach wie der tiefe Klang einer Glocke, die zum Gebet ruft. Mein Herz pochte, und was immer ich spürte und noch nicht verstand, es sagte mir: Das ist es.

»Dort möchte ich hin«, sagte ich denn auch.

Aller Augen richteten sich auf mich. Meine beiden Freunde schmunzelten.

»Zur Insel des Himmels also«, sagten sie.

Der Mönch sprach davon, dass schon einige andere Mönche vergeblich versucht hatten, auf der Insel zu leben. Es war aber nicht dieses Scheitern anderer, das mich reizte, es auszuprobieren; eine solche Art von Wettbewerb lag mir fern. Es war allein der Klang des Namens … Das Bild einer Insel im weiten See und die Nähe zum mächtigen Mekong versetzten mich in innere Aufregung.

Plötzlich hatte ich es eilig. Ich musste dorthin.

Am selben Abend noch brachten mich meine Freunde zur Busstation. Ich stieg in den Übernachtbus nach Sakon Nakhon, einer kleinen Stadt am Ufer des Nong-Han-Sees. Dort würde ich einen Fischer bitten, mich zur Insel überzusetzen.

Auf meinem Sitz im Bus machte ich es mir einigermaßen bequem und schloss die Augen. Rund elf Stunden Fahrt lagen vor mir. Ich war aufgeregt, doch irgendwann tief in der Nacht nickte ich ein.

Don Savan … Insel des Himmels. Der Name schlich sich in meine Träume.

9

Es war noch dunkel, als der Bus in aller Frühe die Stadt am Ufer des Sees erreichte. Ich streckte mich, nahm meine Reisetasche und stieg aus.

Die Luft war feucht vom nahen Gewässer und ein wenig stickig. Lagerhallen und einige helle Geschäftsgebäude ragten rund um die Bushaltestelle auf. Die halbe Stadt schien schon auf den Beinen zu sein und sich hier zu versammeln. Ich nahm eine Fahrradrikscha und bat den Fahrer gestenreich, mich zum Ufer des Nong Han zu bringen. Er war ein schmaler Mann, einen Kopf kleiner als ich, wie die meisten Leute im Nordosten. Doch seine fragile Statur täuschte über die Kraft und Robustheit hinweg. Mit breitem Lächeln und strammen Waden trat er in die Pedale und reihte sich ein in den Strom aus Lastern, Kleinwagen und Marktkarren, die sich durch die engen Straßen wanden.

Wir passierten den Wat Choeng Chum, dessen hoher weißer Turm in den Morgenhimmel ragte. Ein kleines Stück weiter lag der See. Ich bezahlte den Fahrer und stieg aus.

Leise plätscherten Wellen an das Ufer. Es fiel flach ab, Seerosen und Lotosblumen wucherten bis an den Rand. Hier und da lag ein kleines längliches Holzboot im Wasser, nicht breiter als ein Baumstamm. Ich bemerkte die Fischer kaum, die mit ihrem Fang gerade zurück ans Ufer kamen. Vor mir erstreckte sich die schimmernde Wasserfläche, die von den ersten Strahlen der Morgensonne berührt wurde. Dunst lag über dem See, und die vielen kleinen Inseln in der Ferne schienen sich in dem Meer aus Seerosen und Lotosblumen zu verlieren. Ich atmete tief ein; das Wasser roch frisch, nach Leben. Suchend schweifte mein Blick über den See, nach Nordosten. Dann fand er sein Ziel. Eine Insel, länglich, mit einigen Bäumen bestanden. Das musste es sein!

Ich stand eine Zeit lang schweigend da. Dann wandte ich mich an die Fischer.

»Don Savan?«, fragte ich und deutete zur Insel.

Die Fischer nickten.

Gestenreich beschrieb ich ihnen meinen Wunsch: Ich wollte zur Insel übersetzen. Zwei Fischer erklärten sich nach einigem Zögern bereit. Sicher wunderten sie sich, was ein Europäer da wollte. Doch mir fehlten die Worte, es ihnen zu erklären.

Wir fuhren etwa eine Dreiviertelstunde in dem schwankenden Holzboot, dessen kleiner Motor vor sich hin tuckerte. Der Weg zur Insel war weiter, als ich gedacht hatte.

Ich sog die Atmosphäre tief in mich auf. Langsam wurde es heller. Kleine Wellen ließen das Boot tanzen. In der Ferne konnte ich weitere Inseln ausmachen. Hinter Don Savan, am gegenüberliegenden Ufer, befand sich ein kleines Dorf. Vereinzelt standen Pfahlhütten nahe am Ufer. Ich sah Wasserbüffel, die sich im seichten Wasser suhlten.

Dann, endlich, hatten wir unser Ziel erreicht. Ein kleiner Bootsanleger ragte ins Wasser hinein. Ich bat die Fischer zu warten und kletterte aus dem Boot.

Vor mir bildeten Bäume einen schützenden Schild. Ich begab mich in ihren Schatten und lief umher. Das also war Don Savan.

Die Aufregung, die mich so gepackt hatte, als ich den Namen zum ersten Mal gehört hatte, wandelte sich in eine tiefe innere Ruhe und Gewissheit. Ich musste nicht länger suchen. Ich war angekommen.

Die Fischer brachten mich zurück nach Sakon Nakhon. Ich nahm mir ein Zimmer in einem kleinen Hotel nahe dem See und rief meine Freunde in Bangkok an.

»Ich habe meinen Platz gefunden«, sagte ich zu ihnen.

Sie hatten nur auf mein Zeichen gewartet. In Bangkok stand ihr Wagen bereit; geladen hatte er die Ausrüstung, die ein Mönch braucht: drei Roben, ein Gürtel. Ein Paar Slipper, einen Schirm, das Moskitozelt. Und natürlich meine Bettelschale. Nicht viel – und doch alles, was zum Leben nötig war. Und so machten sich die beiden auf den Weg nach Sakon Nakhon.

Ich selbst verbrachte den Nachmittag mit einem Spaziergang zum Wat Pa Suthawat, in dem einst der im ganzen Land verehrte Mönch Luang Pu Man gelebt hatte. Er war in seinem Leben zu einem Arahan geworden, einem heiligen Mann, der den Zyklus aus Geburt und Wiedergeburt verlassen und das Nirvana realisiert hatte. Seine wenigen Besitztümer waren in einem kleinen Museum auf dem Tempelgelände ausgestellt. Ich betrachtete seine Bettelschale, die safrangelben Roben, ein paar Rollen Nähgarn, das einfache Kochgeschirr und sein Mönchsbuch. In einem Glaskästchen waren seine Knochen ausgestellt, die bei der Verbrennung kristallisiert waren.

Ich kniete vor der Statue des Luang Pu Man auf dem Boden nieder und schloss die Augen. Die Ernsthaftigkeit seines Lebens schien auf mich überzuspringen, und ich spürte einmal mehr den inneren Drang, den Schleier der Unwissenheit zu lüften und die Wahrheit hinter den vergänglichen Gedanken zu erkennen.

Später aß ich eine Kleinigkeit und spazierte am Ufer des Sees entlang. Mit einem Mal kamen mir die Worte des Somdet Fui Yin in den Sinn. Bei jenem denkwürdigen Besuch in Bangkok hatte er zu mir gesagt, ich würde einmal Mönch werden und die Lehre des Buddha verbreiten. Damals hatte ich seine Worte innerlich abgetan, sie hatten ganz einfach nicht auf mein Leben gepasst. Jetzt aber stellte es sich auf einmal so dar, als hätte er damals schon gesehen, in welche Richtung ich mich entwickeln würde.

Und welch ein Weg war es gewesen – von meiner Kindheit in Deutschland und dem Aufbruch nach Asien hin zur Expansion in die weite Welt. Ich war vieles gewesen, ich hatte gelebt und geliebt, hatte das Leben genossen, hatte gearbeitet, Ideen verwirklicht, verworfen, neuen Produkten den Raum gegeben, sich zu verwirklichen. Ich war Unternehmer gewesen, dann Überlebender. Jetzt würde ich Mönch werden.

Als ich dort am Ufer des Nong Han stand und mein Spiegelbild in der grau glänzenden Oberfläche des Sees betrachtete, wusste ich, dass ich zurückgekehrt war – zu mir selbst. Was das Leben auf der Insel auch mit sich bringen würde, ich schwor mir, die nächsten zwei Jahre dort zu bleiben. Und was immer ich in jener Zeit an Wissen in mir etablieren würde, so war mir bewusst, dass dies nicht das Ende der Erkenntnis sein würde, sondern dass hinter jeder Dimension des Wissens noch eine weitere existiert.

Tags darauf, nachdem meine Freunde eingetroffen waren, begaben wir uns zum Tempel des Abtes Luang Phor Gong, der als geistiges Oberhaupt für die Provinz Sakon Nakhon zuständig war. Es lag in seinem Ermessen, mich – einen Europäer – als Mönch zu ordinieren und auf die Insel ziehen zu lassen.

Sein Tempel lag im Herzen der Stadt hinter hohen alten Bäumen verborgen. Nahe dem Eingang stand eine Sala mit reinweißen Säulen und prächtig verziertem Dach in Gold, Blau und Erdtönen. Mächtige Nagas wanden sich am Giebel. Einige Mönche arbeiteten im Garten. Es war ein Bild des Friedens, das sich mir bot.

Der Luang Phor Gong, ein für lokale Verhältnisse hochgewachsener Mann mit einer tiefen Herzenswärme im Blick, begrüßte uns. Er war zu jener Zeit schon lange Mönch und schien von universeller Liebe durchdrungen, die wie Wellen von ihm ausstrahlte. Er sah mich an und lächelte.

Als meine Freunde ihm meinen Wunsch unterbreiteten, Mönch zu werden und auf der Insel zu praktizieren, wurde er ernst. Es ehrte ihn, dass ein Europäer zu seinem Tempel kam, um dort zu ordinieren. Wenn Männer aus dem Westen tatsächlich den Wunsch verspürten, Mönch zu werden, gingen sie meist nach Bangkok, Chiang Mai oder zum internationalen Tempel in Ubon Ratchatani. Nachdem schon einige einheimische Mönche vorzeitig von Don Savan zurückgekehrt waren, weil sie das Leben dort nicht ertragen hatten, war er in Sorge, ich könnte mir zu viel zumuten.

Ich erzählte ihm von meinen Gefühlen auf Don Savan, dass es mir auf seltsame Weise vertraut schien, und versicherte ihm, dass es nicht der Abenteurer in mir war, der sich nach einem Leben auf einer einsamen Insel sehnte.

Als er meine Geschichte gehört hatte, lag noch immer ein Anflug von Besorgnis auf seinem Gesicht, doch zugleich gab er mir zu verstehen, dass er mich in meinem Wunsch unterstützen würde. Er hatte großes Verständnis für mich und sah mich als einen Mann an, der sich auf den Weg begeben hatte, der ernsthaft praktizieren und wirkliches Wissen erlangen wollte. Er empfand es als Pflicht und Privileg zugleich, mich mit allem, was ihm möglich war, zu unterstützen. Und das tat er auch.

»Es ranken sich allerlei Legenden um den See, der schon etliche Menschenleben gefordert hat. Während früherer Kriegszeiten wurde einmal eine Buddha-Statue im Wasser versenkt, damit sie nicht als Beute in falsche Hände gelangen konnte«, erzählte er und sah mich durchdringend an.

Ich nickte, aber ich wunderte mich ein wenig, dass dieser flache Binnensee solche Gefahren in sich bergen sollte. Mit den umliegenden Reisfeldern in ihrem satten Grün, den wenigen Dörfern und den traditionellen Pfahlhütten an seinen Ufern bot er ein geradezu idyllisches Bild. Hier und dort schaukelte ein schmales Fischerboot auf dem Wasser, Seerosen blühten rosa und weiß, und die Sonne fing sich in den leichten Wellen und warf ein flirrendes Muster aus Licht und Schatten auf die Oberfläche. Neben der geradezu romantisch anmutenden Stimmung aber barg der See eine immense Kraft, die ich durchaus spürte, aber nicht einordnen konnte. Monate später verstand ich die Worte des Abts.

Am Abend verabschiedete ich mich von meinen Freunden, die in einem Hotel übernachteten. Die Nacht verbrachte ich im Tempel; ich schlief in einer kleinen Hütte nahe den anderen Mönchen.

Beim Morgengrauen wurde ich wach. Der Tag meiner Ordinierung war angebrochen.

Ich war in einer ernsten, feierlichen Stimmung. Bald wurden mir die Haare und Augenbrauen geschoren, und ich zog weiße Kleidung an.

Meine beiden Freunde waren zur Ordinierungszeremonie gekommen. Der Luang Phor Gong selbst führte sie durch, mit zwei anderen Mönchen als Zeugen.

Dreimal lief ich um die Kapelle, einen weißen Lotos in der Hand, von meinen Freunden begleitet. Der weiße Lotos war das Symbol der Reinheit, die es zu erlangen galt.

Dann traten wir in den Bot, die Kapelle. Nach dem Chanten der Mönche auf Pali – der alten Sprache Buddhas – wurde ich der weißen Kleider entledigt, und zwei Mönche halfen mir, meine Robe anzulegen. Gemäß der jahrhundertealten Zeremonie bezeugten sie, dass ich mit allem ausgestattet war, was ein Mönch zum Leben benötigte, nämlich der drei Sätze Kleidung, der Sandalen und der Bettelschale. Daraufhin nahm ich die zweihundertsiebenundzwanzig Trainingsregeln der Mönche an und verpflichtete mich, zu jeder Zeit mein Bestes zu tun und mein Leben als Mönch nach ihnen auszurichten.

Ich kannte den Inhalt der Regeln und wusste, dass ich für die Dauer meiner Mönchszeit auf persönliches Eigentum verzichtete, ein Zölibatsgelübde ablegte und all den anderen

Richtlinien zu folgen hatte, die dazu dienen, sich nicht weiter mit der Welt zu verstricken. Sie waren das Gerüst, das mir bei dem Bau einer neuen geistigen Heimstatt helfen würde.

Nochmals chanteten die Mönche zum Abschluss der Zeremonie. Ich ließ die klangvollen Silben aus dem Pali tief auf mich einwirken.

An diesem Tag wurde aus dem Unternehmer Hermann Ricker der Mönch Ophaso – ein Pali-Name, der frei übersetzt »hell erleuchtet mit innerem Wissen« bedeutet. Der Luang Phor Gong hatte ihn eigens nach meinen Geburtsdaten für mich ausgesucht. Er lächelte, als er mir meinen Mönchspass in die Hand drückte.

Inneres Glück brannte wie eine Flamme in mir. So beseelt trat ich hinaus aus dem Heiligsten des Tempels, dankte dem Abt und meinen Freunden und machte mich auf den Weg nach Don Savan, der Insel des Himmels.

Mönch

Wenn wir uns etwas nicht vorstellen können, heißt es noch lange nicht, dass es nicht möglich oder existent ist. Alles, was es heißt, ist, dass unser limitierter menschlicher Verstand nicht in der Lage ist, es sich vorzustellen.

I

Leise schlugen die Wellen des Sees an das Ufer. Wie sehr hatte ich diese Stille und Abgeschiedenheit herbeigewünscht! Tief sog ich die feuchtwarme Luft ein und gab mir selbst das Versprechen, alles dafür zu tun, um meinem neuen Leben als Mönch gerecht zu werden. Ich wollte die Lehre Buddhas über die natürlichen Energiegesetze unserer Existenz verinnerlichen, sie praktizieren, auf mein Leben anwenden und sie auch anderen Menschen zugänglich machen.

Ich suchte mir einen Baum und setzte mich in seinen Schatten. Dann schloss ich die Augen, erspürte die Umgebung und begrüßte im Geiste all die Lebewesen, die sich das Terrain fortan mit mir teilen würden – Vögel, Schlangen, Echsen und was sonst noch im undurchdringlichen Unterholz hausen mochte. Ich dachte auch an die für mich nicht sichtbaren Energien, die auf der Insel zu Hause waren, und bat sie, mich aufzunehmen und zu beschützen.

Später hängte ich mein Moskitozelt auf und trank ein wenig Wasser. Als Mönch ist man angehalten, nach zwölf Uhr Mittag keine feste Nahrung mehr zu sich zu nehmen, um sich von den ständigen Wünschen und Begierden des Verstandes frei zu machen. Meine Freunde hatten mir einen Gaskocher und einen ganzen Packen Instantnudeln mitgegeben, doch ich war satt. Wenn ich Hunger verspürte, dann war es der nach Wissen, danach, die unvergleichliche Chance zu nutzen, die sich mir hier auf der Insel bot.

Es tat gut, das geschäftige Stadtleben hinter sich zu lassen, wenngleich der Gegensatz zu meinem vorherigen Lebensstil kaum extremer hätte sein können. Ich hatte nur selten die Zeit gefunden, Urlaub zu machen. Während meiner Geschäftsreisen hatte ich dann und wann einen Tag abgezweigt, um im Dschungel Malaysias zu wandern oder auf meiner Yacht in der Straße von Malakka zu kreuzen und den Blick zum Horizont schweifen zu lassen. Schon immer hatte die Natur eine starke Wirkung auf mich gehabt. Auch wenn ich ihre Gesetzmäßigkeiten mehr mit den Augen des Ingenieurs denn des Romantikers betrachtet hatte, war ihre Schönheit tief in mich eingedrungen.

Auf Don Savan aber begegnete ich der Natur in ihrer urigsten Form. Hier gab es keinen Strom. Licht spendeten nur die Gestirne. Der Gesang der Vögel, der Ruf der großen Geckos und das Gezirpe der Insekten sorgten für eine beständige Hintergrundmusik.

Die allgegenwärtige Nähe des Wassers schürte mein Wohlbefinden. Mit der Dämmerung wurde es kühler, und leichter Nebel bildete sich auf dem See. Wie zuvor verband ich mich mit allen sichtbaren und nicht sichtbaren Energien – eine Übung, die ich fortan jeden Abend und jeden Morgen machte.

Als die Dunkelheit heraufzog, legte ich mich schlafen. Es war ein aufregender Tag gewesen – mein erster Tag als Mönch. Es war ungewohnt, so hart zu liegen und all die Geräusche der Natur dicht am Ohr zu haben. Das Schlagen von Schwingen über mir. Der Ruf einer Eule, dann ein leiser Schrei. Knistern im Unterholz, Tapsen, Huschen, dann und wann der Ruf des Tokey-Geckos. Plötzlich völlige Stille – und ein neues Aufbranden der Geräusche, noch dichter an meinem Ohr.

Ich wachte früh auf, kletterte aus meinem Moskitozelt und wusch mich im See. Im ersten Dämmerlicht setzte ich mich wieder unter meinen Baum, um zu meditieren. Ich tat das mit einer großen Ernsthaftigkeit und merkte kaum, wie die Zeit verstrich. Um mich herum erwachte die Welt zum Leben. Es begann zu nieseln. Ich konzentrierte mich weiter und versuchte, mich nicht ablenken zu lassen. Auf keinen Fall wollte ich noch mehr Lebenszeit unnütz verstreichen lassen.

Wie hatte ich mir in den vergangenen Wochen gewünscht, endlich alles hinter mir zu lassen! Nun hatte ich meinen Platz gefunden. Ich war dankbar, zutiefst dankbar …

Noch während ich diesen Gedanken nachhing, spürte ich, wie irgendwelche Insekten unter meine Robe krabbelten und mich bissen.

Ich sprang auf und streifte sie, so gut es ging, ab. Es waren große rote Waldameisen, die Polizisten des Waldes. Ich schüttelte die Robe aus und inspizierte meinen Platz. Offensichtlich hatten sie meiner stummen Bitte, diesen Ort friedfertig mit mir zu teilen, nicht so ohne Weiteres zugestimmt. Und sie hatten auch andere Ameisenarten im Gefolge: Fingernagelgroße braune, winzig schwarze und emsige dunkle flitzten umher. Später begegnete ich noch weiteren Exemplaren; ich hatte nie gewusst, dass es so viele Ameisenarten gibt. Eines aber war ihnen allen gemeinsam: Sie ärgerten mich, denn sie hielten mich von der Meditation ab. Und dabei war ich eben noch in einer solch erhabenen Stimmung gewesen!

Ich tat mein Bestes, sie zu ignorieren. Setzte mich wieder und konzentrierte mich auf meinen Atem. Währenddessen unterzogen sie mein Moskitozelt einer gründlichen Inspektion; ich hatte es unvorsichtigerweise einen Spalt offen stehen lassen. Aber das merkte ich erst später, denn nun versank ich ganz in mir.

Später, als die Sonne durch das Blätterdach fiel, spürte ich Hunger. Ich kochte Wasser ab, gab die Instantnudeln hinein und aß mit Appetit. Ameisen inspizierten den Topf. Schnell wusch ich ihn aus.

Danach erforschte ich die Insel. Ihre Größe konnte ich schlecht abschätzen, denn das Unterholz bildete eine nahezu undurchdringliche Barriere. Ich watete am Ufer entlang, lauschte den Wellen, sah ab und an einen springenden Fisch und machte meine erste Bekanntschaft mit Blutegeln.

Später setzte ich mich unter den Baum und meditierte wieder. In der Abenddämmerung kamen die Moskitos. Sie flogen in Scharen herbei, rochen mich und waren gierig auf mein Blut.

So ähnlich vergingen auch die folgenden Tage.

Zeitweise meditierte ich fünfzehn Stunden am Tag. Mit Ausnahme der lästigen Insekten, über die ich mich damals wirklich ärgern konnte, empfand ich die Meditation als sehr intensiv. Als Geschäftsmann hatte ich versucht, Zeit zum Meditieren abzuzwacken, doch nicht immer war es mir gelungen, und ständig hatte mir schon der nächste Termin im Nacken gesessen. Hier aber hielten mich kein eiliger Anruf, kein Meeting, kein Kundengespräch davon ab, mich hinzusetzen und in die Stille hineinzutauchen.

Während ich unter dem Baum saß, nahm ich mein eigenes Energiefeld wahr. Ich wusste, es war überlagert von alten Strukturen, die für Unruhe in meinem Geist sorgten. Je länger ich dasaß, desto stiller wurden meine Gedanken, und ich versuchte behutsam, neue Energien wirken zu lassen und ihnen den Raum zu geben, sich zu entfalten.

Zwischendurch kamen die Fischer aus den umliegenden Dörfern vorbei und schauten nach, wie es mir ging. Sie waren ein neugieriges Völkchen. Gewöhnlich wurden Mönche mit höchstem Respekt behandelt, und die Menschen verhielten sich eher scheu und erwarteten nicht einmal, dass der Mönch ihren Gruß erwiderte. Gerade Letzteres war mir immer seltsam vorgekommen, und so lächelte ich zurück, wenn ihre offenherzigen Blicke mich trafen, und unterhielt mich in Zeichensprache mit ihnen.

In Windeseile sprach sich herum, dass ein Phra Farang auf der Insel lebte – ein europäischer Mönch –, und so kamen immer mehr Fischer von weit her mit ihren Kanus, um sich selbst von meiner Existenz zu überzeugen. Wenn sie sahen, dass ich meditierte, kehrten sie meist wieder um. Dann hörte ich nur das Ächzen der hölzernen Boote und das Eintauchen der Ruder in den mächtigen See.

In den ersten Tagen machte ich mich mit meinem Umfeld vertraut. Ich entdeckte alte Ruinen; offenbar hatte hier vor Jahrhunderten einmal ein kleiner Tempel gestanden, von dem nur mehr ein paar Mauerreste zeugten. Dann und wann sah ich große Schlangen, aber wir wahrten gegenseitig Abstand.

Meine Roben musste ich im See waschen, das war neu für mich. Ich erinnerte mich nicht, je eigenhändig etwas gewaschen zu haben. Bei der allgegenwärtigen Hitze war ich ständig am Schwitzen; manchmal hätte ich mir die Kleider vom Leib reißen können, da sie immer feucht waren und ich mit dem Waschen kaum nachkam.

Aber auch daran gewöhnte ich mich.

Ich selbst wusch mich im See. Ich hatte ein dünnes Badelaken, das ich mir um die Hüfte band, und stieg ins Wasser.

Alles in allem kam ich gut zurecht, und die Funken von Klarheit, die ich während der täglichen Meditation erlangte, ließen mich sogar die Legionen von Ameisen fast vergessen.

2

Wenn in Thailand die Sonne aufgeht, ziehen von überall her die Mönche in ihren safranfarbenen Roben zur nächsten Ortschaft – barfuß, mit gesenktem Blick, die Bettelschale unter dem Arm. Am Straßenrand warten die Menschen. Manche kommen mit ihren Mofas und Fahrrädern von weit her, um den Mönchen die Schale zu füllen. Manche knien nieder, und alle ziehen die Schuhe aus, um sich nicht über den Mönch zu stellen. Oft machen die Leute sich schon am Tag zuvor Gedanken, was sie geben wollen, kochen etwas Schmackhaftes und füllen eine Portion ab, oder sie kaufen, was immer ihnen richtig und wichtig erscheint.

Ich selbst war ein paar Mal beim Saibath – dem Füllen der Schale – zugegen gewesen und hatte Mönchen etwas gegeben. Dabei war mir die ehrfürchtige und zugleich freudige Stimmung der Leute aufgefallen. Sie begannen den Tag mit einer guten Tat, die ihnen selbst Wohlbefinden schenkte und Verdienste brachte. Später gaben sie den Verdienst des Gebens weiter, indem sie Wasser unter einen Baum oder Strauch gossen und dabei die Göttin der Erde darum baten, den Kranken und Verstorbenen die gute Energie ihrer Verdienste zu schicken.

Bettelmönch, so dachte ich, war im Grunde ein irreführrendes Wort, denn mit Betteln, wie wir Europäer es verstehen, hat es nichts gemein. Bettelt jemand um etwas, fühlen viele Menschen sich bedrängt und ziehen sich zurück, verschließen sich. In Thailand aber ist der Bettelmönch einer, der arm ist und höchstes Ansehen genießt – und dem von Herzen gegeben wird.

Wie unterschiedlich die Erfahrung ist, am Straßenrand mit seinen Mönchsgaben zu stehen oder aber selbst barfuß an den Menschen vorbeizuziehen und die Schale gefüllt zu bekommen, sollte ich schon bald erfahren.

Als die ersten zweieinhalb Wochen auf der Insel verstrichen waren, betrachtete ich meine restlichen Nudelpakete und sagte mir, dass es an der Zeit sei, zur Almosenrunde – dem Pintabaht – zu gehen. Da ich allein auf der Insel lebte, hatte ich keinen Lehrer, der mich unterwies, wie ich mich dabei verhalten sollte. Aus meinen eigenen Beobachtungen wusste ich, dass ich barfuß gehen musste und beim Entgegennehmen der Gabe den Leuten nicht ins Gesicht sehen durfte. Ich sollte annehmen, was man mir gab, ohne zu bewerten, und durfte nicht nach etwas fragen oder um etwas bitten – mit Ausnahme von Wasser.

Als mich eines Nachmittags die Fischer besuchen kamen, deutete ich auf meine Bettelschale. Sie hatten schon oft angeboten, mich zum Festland zu bringen, und versprachen, dass sie am nächsten Morgen kommen und mich abholen würden.

Es dämmerte gerade, als ihr Boot anlegte. Ich hatte die Bettelschale umgehängt und kletterte hinein. Eine Dreiviertelstunde dauerte die Überfahrt; Zeit genug für meine Gedanken, die seltsamsten Wege einzuschlagen. Da saß ich also und ließ mich zum Ufer schippern – ich, der Europäer. Was wollte ich hier eigentlich? Ich war reich gewesen, und jetzt kam ich hierher, in die ärmste Gegend Thailands, und aß den Leuten ihr knappes Essen weg.

Ich blickte zur Stadt hinüber. Ob man mir überhaupt etwas geben würde? Vielleicht würden mich die Leute eher als Exoten betrachten denn als Mönch; ich war schließlich keiner der ihren. Und überhaupt – was hatte ich denn bisher getan, um ihre Almosen zu verdienen? Das Leistungsprinzip nagte hart an mir. Gewiss, ich hatte viele Stunden meditiert, aber hatte ich denn schon irgendwelche nennenswerten Fortschritte gemacht? War ich überhaupt weitergekommen?

Ich fühlte mich ein wenig mulmig, als ich am Seeufer aus dem Boot stieg und mich auf den Weg machte. Wo sollte ich entlanggehen? Ich mahnte mich selbst, aufmerksam einen Schritt vor den anderen zu setzen und auf den Boden zu schauen, um wenigstens einen guten Eindruck zu hinterlassen. Und so machte ich mich auf den Weg Richtung Markt.

Als die ersten Menschen mich bemerkten, gab es ein großes Hallo. Ein europäischer Mönch – das hatte es in der Gegend noch nie gegeben. »Phra Farang!«, riefen sie und tuschelten aufgeregt. Binnen Minuten wurde ich zu einer wahren Attraktion, und die Nachricht über mein Auftauchen in der Stadt verbreitete sich wie ein Lauffeuer. Bald gab es einen wahren Menschenauflauf, und die Leute überschlugen sich förmlich, mir die Schale zu füllen. Die Essensgaben nahmen überhand. Ich geriet ins Schwitzen, die Schale war schlichtweg zu klein. Wohin mit den ganzen Sachen? Ein Rikschafahrer bot mir seine Hilfe an; er lud das Essen auf den Sitz und fuhr hinter mir her.

Ich war völlig perplex. So hatte ich mir eine Almosenrunde nicht vorgestellt. Es war überwältigend.

Am meisten berührten mich die Akzeptanz der Menschen und ihre Freude zu geben. Sie waren stolz darauf, dass ein Europäer buddhistischer Mönch geworden war und in ihre Gegend kam, um zu praktizieren.

Als ich zurück zur Anlegestelle kam, war der Platz voller Menschen. Sie grüßten mich ehrerbietig mit vor der Stirn zusammengelegten Handflächen, was seltsam anmutete. Ich hätte den Gruß so gern erwidert, sie angelächelt und ein paar verbindliche Worte gesagt, um ihnen diese überschwängliche Freundlichkeit zurückzugeben. Doch das entsprach nicht dem Verhalten eines Mönchs. Im Geschäftsleben hätte ich mich nie so geben dürfen, dachte ich nebenbei und grinste im Stillen. Ich war buchstäblich in einer anderen Welt angekommen, und sie war mir wohlgesonnen.

Der Fischer war in ein reges Gespräch mit dem Rikschafahrer vertieft. Er schien ihn auf den neuesten Stand der Kenntnisse zu bringen und deutete dabei immer wieder zur Insel.

Angesichts des Menschenauflaufs um mich herum fragte ich mich, ob es mit der Ruhe nun vorbei sei. Doch ich hätte mich nicht sorgen müssen, hätte ich gewusst, welche Geschichten sich um die Insel rankten.

Ich wandte mich den Gaben zu, schenkte dem Rikschafahrer und den Fischern einen Teil des Essens und bat sie, mich zurückzufahren. Als ich später den Inhalt der Schale betrachtete, staunte ich nicht schlecht. Sie enthielt ein kleines Universum an unterschiedlichsten Speisen, in Respekt und Liebe gegeben.

Auch in den folgenden Wochen wurde meine Schale so reich gefüllt, dass ich außer den Fischern noch das Waisenhaus in Sakon Nakhon mit ernähren konnte. Es war nichts Unrechtes daran, das Essen weiterzugeben. Die Menschen übten keine missgünstige Kontrolle über die Dinge aus, die sie gegeben hatten, zumal sie den Akt des Gebens als etwas ansahen, das sie für sich selbst taten. In mir wuchs dennoch der Wunsch, ihnen etwas zurückzugeben. Wenn ich nach der Almosenrunde wieder auf die Insel kam, meditierte ich und stellte mir jeden Einzelnen vor, der am Straßenrand gestanden hatte, um ihm Wohl zu wünschen. Zwar sah ich keinen direkt an, wenn er mir etwas in die Schale legte, aber dennoch erhaschte ich einen Blick auf die Gesichter, während ich die Schale aufhielt und aufpasste, dass nichts herausfiel.

Eines Morgens staunte ich nicht schlecht, als ich in meiner Schale Unmengen von Kuchen und Brotsorten fand, die ich nicht einmal dem Namen nach kannte. Die Erklärung ließ nicht lange auf sich warten: Ein Vietnamese, der in seiner Heimat für die Franzosen gebacken hatte, hatte nahe dem Marktplatz eine Bäckerei eröffnet, in der er Brötchen, Kuchen, French Rolls und andere Köstlichkeiten verkaufte. Offenbar hatten sich die Leute gedacht, dass ein europäischer Mönch statt des lokalen Essens lieber Backwaren aß, deren Geschmack ihm vertraut sein musste.

Mich rührte, wie viele Gedanken sich die Leute machten, die mir die Schale füllten. Einige fragten den Rikschafahrer, der mich nun regelmäßig begleitete, ob ich den klebrigen Reis, der im Isaan traditionell gegessen wurde, denn überhaupt vertrug. Es war ein schwerer Reis, von dem zwei, drei Bällchen genügten, um einem den Magen zu füllen. Ich hätte ihn niemals von mir aus abgelehnt. Als Mönch durfte man nicht wählerisch sein und auch Fragen dieser Art nicht beantworten. Aus diesem Grund lebte ich anfangs auch nicht vegetarisch, denn ich wollte den Menschen, die es so wohl mit mir meinten, nichts abschlagen. Was immer in die Schale kam, war gut.

Doch ich aß nicht alles.

Die Menschen im Isaan waren nach westlichem Standard sehr arm. Die Erde war eher unfruchtbar und schwer zu bestellen. Viele Männer zogen nach Bangkok, um zu arbeiten, weil der Ertrag aus den Reisfeldern nicht reichte, um davon zu leben.

Fragte man die Menschen nach dem Namen einer Frucht, so kannten sie nur eine Unterscheidung: essbar oder nicht essbar. Sie waren es gewohnt, von dem zu leben, was die Erde hergab; Insekten und Wurzeln wurden gern gegessen, weil sie nahrhaft waren.

Und so fand ich in der Schale ganz erstaunliche Dinge. Einmal lokale Spezialitäten wie Engerlinge und andere Insektenarten, die in Plastikröllchen sauber verpackt waren, dann gekochten Reis, Eier, Früchte, Portionen Curry, Fisch – frisch zubereitet oder in Dosen –, Saftpäckchen, Kakao, Snacks, Kekse, Kuchen, Kaffee, Wasser, Zigaretten, Holz, das geraucht wurde, dazu ein Feuerzeug, Kerzen, Räucherwerk, unterschiedliche Medizin, Jod, Pflaster, Verbandsmaterial, Zahnpasta, Seife, Toilettenpapier und vieles mehr.

Manche gaben mir auch fertig gepackte Eimer, die man in Läden für Mönchszubehör kaufen konnte. Sie enthielten Slipper, verschiedene Hygieneartikel, einen Schirm und Verschiedenes mehr, alles in den unterschiedlichsten Preislagen und Qualitäten.

Ich kannte das Thai-Essen. Die Insekten aß ich nicht, aber ich nahm sie entgegen und verschenkte sie. Dann und wann lag auch ein Frosch in der Schale, ausgehöhlt und gebraten. Das mutete ziemlich seltsam an; ihn gab ich an die Fischer weiter. Überhaupt nahm ich mir nur, was ich wirklich brauchte. Ich hortete nicht, denn schon bald spürte ich, wie ich von der Freundlichkeit der Menschen und ihrem Bedürfnis, etwas Gutes zu tun, regelrecht getragen wurde.

Zugleich war mir nur allzu bewusst, dass ich das, was mir bedingungslos entgegengebracht wurde, nur deshalb bekam, weil ich ein Mönch war. Ich wurde darin unterstützt zu praktizieren. Es lag eine unausgesprochene Botschaft in der gefüllten Schale, und ich nahm sie ernst.

Wenn ich auf die Insel zurückkehrte, aß ich, wusch meine Schüssel aus und meditierte. Nach einiger Zeit spürte ich, dass ich mit der Konzentration auf meinen Atem nicht wirklich weiterkam. War ich konzentriert, lief alles bestens. Doch ließ ich nur einen Augenblick nach, schwappten die Gedanken und Gefühle zurück und besetzten mich aufs Neue.

In dem Buch eines Mönchs, das ich mit auf die Insel genommen hatte, las ich über Buddhas Aufmerksamkeitsmeditation, die Vipassana – eine Methode, in der sich Konzentration und Aufmerksamkeit auf harmonische Weise abwechseln. Buddha war während seiner Zeit in den Wäldern an einen ähnlichen Punkt gekommen: Die alte Technik der Konzentration, die auf die Yogis zurückging, war ihm nicht länger genug gewesen; sie hatte ihn nicht so vorangebracht, wie er sich das gewünscht hatte.

Ich beschloss, die Vipassana-Meditation auszuprobieren, und setzte mich unter meinen Baum. Aufmerksam spürte ich in meinen Körper, wie er da saß, und stellte sodann meine Grundstimmung fest. Ich war neugierig – und machte mir eine gedankliche Notiz. Dann konzentrierte ich mich auf meinen Atem tief im Bauch, das Heben und Senken, das mein Anker war. Wann immer ein Gedanke auftauchte, machte ich eine gedankliche Notiz – und ließ ihn los. Ebenso verhielt es sich mit Gefühlen, mit Schmerz – alles registrierte ich, lenkte verschärft die Aufmerksamkeit darauf, notierte es im Geiste und ließ es los. Es war erstaunlich. Anfangs wirbelten meine Gedanken in unglaublicher Geschwindigkeit umher, doch nachdem ich jedes Mal, wenn ich mir ihrer gewahr wurde, meine Aufmerksamkeit auf sie richtete, beruhigten sie sich. Der Verstand will, dass man sich mit ihm beschäftigt. Das tat ich, indem ich die Gedanken nicht länger fortschob und unterdrückte, sondern sie bemerkte, ohne sie zu beurteilen. Ich erkannte auf einmal die ganze Tragweite des Verstandes – und bekam eine Ahnung davon, was dahinterliegt.

So nahm mein Leben nach außen hin einen gleichförmigen Gang – zwischen Meditation, Almosenrunde und wieder Meditation –, während ich immer mehr zum Selbst-Beobachter wurde.

Zugleich stellten sich tiefe Erlebnisse ein. Alles war mit einem Mal von Helligkeit durchdrungen, mich durchfuhren Wellen von Wohlbefinden. Was immer ich um mich sah, strahlte voller Liebe und Glückseligkeit.

Die restlichen Pakete mit Instantnudeln schenkte ich den Fischern, denn ich brauchte sie nicht mehr. Sie brachten mir Trinkwasser – meist Regenwasser, das sie in Flaschen abgefüllt hatten –, und fuhren mich morgens zur Almosenrunde.

Hatte ich anfangs noch gedacht, dass sich die Aufregung um mich mit der Zeit legen würde, merkte ich bald, dass ich mich in dieser Hinsicht gründlich geirrt hatte.

Als ich eines Morgens zur Anlegestelle kam, stand ein ganzes Polizeiaufgebot da. Ich staunte nicht schlecht. Mithilfe des Rikschafahrers, der ein wenig Englisch sprach, und meinen wachsenden Thai-Kenntnissen erfuhr ich, dass der Polizeipräsident Sakon Nakhons an diesem Morgen etwas ganz Besonderes in meine Schale legen wollte.

Über Walkie-Talkie berichteten ihm seine Männer, dass das Boot angelegt hatte und ich mich Richtung Markt auf den Weg machte. Nach gut einem Kilometer kam ich an einem Steakrestaurant vorbei, dem einzigen in der Stadt. Der Polizeichef kam herausgelaufen und legte mir ein frisch gebratenes Steak und heiße Pommes frites in die Schale, sorgfältig in Alufolie verpackt.

Es war ein klares Zeichen, dass er mir etwas Ordentliches zu essen geben wollte. Offenbar war er stolz darauf, dass ein Europäer in seine Provinz gekommen war und es schaffte, auf der Insel zu leben. Er sah mich als starken Menschen an, und als solcher brauchte ich in seinen Augen ein Steak zum Frühstück.

Ich hatte mich schon oft gefragt, was die Menschen in der näheren Umgebung mit Don Savan verbanden. Für mich war sie die Insel des Himmels, doch nachdem ich erfahren hatte, dass andere Mönche das Leben dort nicht ertragen hatten, war ich ein wenig skeptisch. Wenn ich auf der Insel war, fühlte ich mich sicher und geschützt, von einer machtvollen Energie durchdrungen. Einmal war eine große Würgeschlange aus dem Unterholz gekrochen, doch sie hatte sich wieder zurückgezogen, und ich hatte mich nie von ihr bedroht gefühlt.

Mit der Zeit erfuhr ich, dass die ruhige Oberfläche des Sees trügerisch war. Es passierten regelmäßig Unfälle, etliche Menschen waren ertrunken. Früher hatte es eine Fähre zur Insel gegeben, doch wegen der vielen Unfälle hatte sie den Dienst eingestellt. Im Volksglauben hieß es, der Platz sei mit einem dunklen Fluch belegt.

Einst habe nordöstlich der Insel eine Stadt gelegen, doch der Drachenkönig habe sie aus Zorn, weil sein Sohn getötet worden war, im See versenkt. Seither forderte der Fluch jedes Jahr mehrere Menschenleben.

Der Polizeipräsident – und mit ihm auch andere – war froh darüber, dass ein Mönch auf die Insel zurückgekehrt war, um dort zu praktizieren und den Fluch vom See zu nehmen.

Seit ich auf Don Savan lebte, war kein Unglück mehr geschehen. Manchmal kamen Leute mit auf die Insel, und sie wollten immer mit mir im Boot fahren, weil sie sich dann sicher fühlten. Einige von ihnen meditierten mit mir, andere hackten das Unterholz frei, und wieder andere waren einfach nur neugierig, wie es sich auf dem verwünschten Flecken wohl lebte. Für mich aber war die Insel eher ein verwunschener Ort, an dem ich mich zu Hause fühlte, zu Hause in mir.

Als ich an diesem Tag nach Don Savan zurückkehrte, wanderte mein Blick suchend über das Wasser. Oft waren die Geschichten aus dem Volksmund reiner Aberglaube. Meist aber besaßen sie einen wahren Kern.

3

Das Versprechen, das ich mir selbst gegeben hatte – nämlich alles, wirklich alles, zu geben, um Wissen zu erlangen –, hallte lange in mir nach. Nun hatte ich ein Umfeld, das mir Ruhe bescherte und es mir ermöglichte, den ganzen Tag lang in mich zu gehen. Die Aufmerksamkeitsübung half mir immens dabei, meiner selbst bewusst zu werden und mich wirklich kennenzulernen. Oft erlebte ich dabei ein tiefes Glück, das ich nie zuvor gespürt hatte, eine Freude, die mich fast bersten ließ. Und dieses Glück war nicht abhängig von einem guten Geschäft, von einer Liebesbeziehung oder dem Gefühl, den roten Faden in der Hand zu haben. Ich erfuhr es tief in mir.

Auch diese Momente von Helligkeit ließ ich los. Ich versteifte mich nicht darauf, sie zu erleben, denn ich wusste, es waren nur erste Erfahrungen auf meinem Weg zu mir selbst. Mein Gefühl sagte mir sehr deutlich, dass dies nicht das Ende, der Gipfel der Erfahrung sein konnte, sondern dass es weitere Stufen der Glückseligkeit gab.

Und dennoch – obwohl ich wusste, dass ich mich auf dem richtigen Weg befand – war mein Verstand ein mächtiger Widersacher. Es gab Tage, an denen ich mich in urteilenden Gedanken verlor. Tage, an denen die Ameisen mich zur Verzweiflung trieben. Tage, an denen der tägliche Kleinkrieg mich zermürbte. Tage, an denen der Sturm mein Moskitonetz blähte, der Monsunregen mich bis auf die Haut durchnässte und ich mich in mein enges Zelt zurückziehen musste, in dem sich die schwüle Hitze staute. Tage, an denen ich an meine Freundinnen zurückdachte, mich nach Berührungen sehnte und mich fragte, ob ich nicht doch hätte heiraten oder mich wenigstens mehr auf eine Frau hätte einlassen sollen. Dann säße ich nicht hier auf dieser Insel, wo mir der Schweiß aus den Poren rann, wo das Wasser schal schmeckte und die nervenzerrend summenden Moskitos mich schier in die Verzweiflung trieben. Es gab Tage, da hielt ich mich für anmaßend: Was glaubte ich eigentlich, wer ich sei, dass ich mir einbilden konnte, jemals tiefes Wissen zu erlangen? Ich, der Hermann Ricker aus Hessen? Was tat ich denn eigentlich hier? Wieso war ich so dumm gewesen, so dumm und überheblich, mein schönes Penthouse mit den Kois wegzugeben, wo ich in komfortabler Ruhe hätte sitzen und meditieren können, statt von Waldameisen gebissen zu werden und all mein Zeug selbst waschen zu müssen, in diesem See, in dem es vor Blutegeln und anderem Getier nur so wimmelte? Und es gab Momente, da hätte ich einfach weglaufen können – hätte ich nicht auf dieser Insel festgesessen, hätte ich nicht mein gesamtes Gut weggegeben und die Brücken in mein altes Leben abgebrochen.

Es tat weh. Ich wand mich. All die Widrigkeiten, an denen ich zu scheitern drohte, waren meine Feinde. Sie störten meine ersehnte Ruhe und vermiesten mir das innere Glück, das ich ohne sie meinte finden zu können. Da stand ich und spülte Töpfe und wusch Decken, wo ich doch selbst Klarheit erlangen wollte …

Loslassen, der Schlüssel hieß loslassen. Es dauerte, bis ich begriff, dass all die Störenfriede mir nur deshalb die Ruhe stahlen, weil ich es zuließ, dass sie sich in meinen Gedanken festsetzten.

Ich erhöhte meine Aufmerksamkeit und richtete sie auf die störenden Gedanken, machte mir eine mentale Notiz. Sie waren hartnäckig, kehrten binnen Bruchteilen von Sekunden zurück. Ich richtete die Aufmerksamkeit noch stärker auf sie und nahm sie in meinem Energiefeld wahr. Ich beurteilte sie nicht. Sie waren nicht gut oder schlecht, sie waren einfach da. Wieder machte ich mir eine geistige Notiz. Irgendwann hatte ich sie losgelassen. Ich begriff, dass es unerheblich war, womit mein Verstand haderte – ob mit einem geplatzten Geschäft oder einer Waldameise: Was immer gedanklich an die Oberfläche stieg, war für den Verstand in diesem Moment das Wichtigste; der Vorgang war immer der gleiche. Wer festhielt, schnitt sich ab vom Leben, vom Fluss der natürlichen Energien. Diese direkte Erkenntnis machte frei.

Auch andere Gefühle kamen in mir hoch, die zu unserer menschlichen Natur gehören: Intoleranz, Hass, Neid, Gier, Ärger, Feindseligkeit. Zuweilen staunte ich, dass sie in mir aufstiegen, dass ich negative Gedanken gegenüber Menschen empfand, die mir nichts Übles wollten. Ich schickte universelle Liebe hinterher, die einzige Kraft, die das Negative zu eliminieren vermag. Manchmal aber schlichen sich diese Gefühle leise an und wanden sich um mich wie eine Würgeschlange, und ich merkte es nicht einmal.

Seit geraumer Zeit stand Morgen für Morgen eine Frau vor einem Restaurant, die mir immer eine köstlich duftende Hähnchenkeule in die Schale legte. Allein schon bei dem Geruch lief mir das Wasser im Mund zusammen. Eines Morgens jedoch war die Frau nicht da.

»Ach schade, heute gibt's keine Hähnchenkeule«, dachte ich automatisch, mahnte mich dann aber, auf den Boden zu schauen, und drehte weiter meine Runde am Markt entlang. Tags darauf war die Frau ebenfalls nicht zu sehen. So ging es weiter. Das Merkwürdige: Was auch immer in meiner Schale lag – frische Früchte, ein würziges Curry –, ich hatte nur Lust auf eine Hähnchenkeule. Schon morgens im Boot fragte ich mich, ob die Frau wohl endlich wieder da sein würde, und spürte den Stachel der Enttäuschung, wenn ihr Platz leer war. Binnen Tagen hatte sich der Gedanke an die Hähnchenkeule zur Obsession ausgeweitet. Ich meditierte – und dachte an Hähnchenkeule. Ich sog den Geruch des Sees ein – und roch Hähnchenkeule. In düsteren Farben malte ich mir aus, was dazu geführt haben könnte, dass die Frau nicht mehr da war. Hatte sie womöglich Urlaub, während ich auf der Insel saß und Klebreis aß? Oder steckte sie das knusprige Stück gar einem anderen Mönch in die Schale?

Als ich endlich realisierte, dass mein Verstand sich an einer Hähnchenkeule festbiss, konnte ich es kaum fassen. Ich ging mit mir ins Gericht: »Wie kann das sein, dass du deine Gedanken an ein Stück Huhn verschwendest? Von jetzt an wirst du kein Huhn mehr essen!«

Mein eigener Verstand war es, der solche perfiden Spiele mit mir trieb. Er hielt sich an Objekten fest, auf die ich keinen Einfluss hatte, blies sie auf, bis sie alle anderen Gedanken überlagerten.

»Du willst es so sehr? Wenn du es tatsächlich so sehr willst, dann kriegst du es nicht«, sagte ich mir. Und so erzog ich mich selbst. Je mehr mein Verstand wollte, desto weniger bekam er.

Einige Tage darauf war die Frau wieder da. Das Huhn gab ich fort. Ich hatte losgelassen.

Das Praktizieren war zuweilen harte geistige Arbeit. Doch ich ließ nicht nach, blieb unter meinem Baum sitzen, meditierte. Manchmal ruderte ich auch auf den See hinaus, ankerte das Boot mit einem Stein und meditierte auf dem Wasser. Und allmählich spürte ich, wie sich etwas in mir veränderte. Mehr und mehr fühlte ich, wie Dinge sich entwirrten und sich eine tiefe Gelassenheit in mir ausbreitete. Ich fühlte mich wohl. Doch das reichte mir nicht. Da gab es noch mehr.

Je mehr ich mich auf das Leben auf der Insel einließ, desto stärker spürte ich auch die hilfreichen Energien rund um mich herum, mit denen ich mich immer tiefer verband. Ich fühlte mich niemals allein. Die Verbundenheit mit allen Wesen schuf eine Form von Nähe, die intensiver war als jede zwischenmenschliche Begegnung, die ich zeit meines Lebens erfahren hatte.

Etwa ein halbes Jahr nachdem ich auf der Insel angekommen war, spendete der Polizeipräsident von Sakon Nakhon Geld für eine kleine Kapelle, die ich auf der Insel errichten sollte. Er war begeistert, dass ich noch immer da war. Tatsächlich fiel mir das Leben auf der Insel inzwischen leichter. Ab und an schossen zwar negative Gedanken hoch, die sich wie Ketten um mich legten und mich zurückzerren wollten, doch meine Aufmerksamkeit schärfte sich weiter, und so gelang es mir, mich von ihnen zu befreien.

Einer der Fischer hatte mir ein Boot überlassen, das ich

seetauglich gemacht hatte. Ein anderer hatte mir einen kleinen Außenbordmotor geschenkt, den er nicht mehr benötigte. Sogar ein Generator war hinzugekommen, sodass ich abends für ein, zwei Stunden ein wenig Licht machen konnte.

Mit dem Geld, das gespendet worden war, wollte ich als Erstes eine Zementfläche gießen. Dazu benötigte ich Hilfe. Am folgenden Morgen legte ich am Seeufer westlich der Insel an und begab mich zum Abt des dortigen Tempels, dem Luang Phor Lee. Ich hatte ihn schon manches Mal aufgesucht und war auch zur Almosenrunde in sein Dorf gegangen. Er war ein herzlicher Mann, der sich besonders auf die traditionelle Heilkunst verstand. Ich schilderte ihm mein Anliegen und sagte ihm, dass ich eine Kapelle bauen wolle und Hilfe benötigte, für die ich auch bezahlen konnte. Sofort erklärte er sich bereit, über das öffentliche Lautsprechersystem ausrufen zu lassen, dass ich Arbeit für eine Handvoll Männer hatte. Am folgenden Morgen kam eine Gruppe von Arbeitern zur Anlegestelle. Als Erstes bauten wir eine schwimmende Plattform, um das Baumaterial zur Insel transportieren zu können. Im Grunde handelte es sich um einen Katamaran, dessen Ladefläche aus Holzbohlen bestand. Einfach, aber ausreichend. Mithilfe eines Lehrers aus Sakon Nakhon baute ich den Motor um. Dann luden wir den Zement und die geborgten Maschinen auf und schafften sie zur Insel.

Dort errichteten wir zunächst ein kleines Haus als Unterkunft für die Arbeiter, die über Nacht blieben.

Auf den Grundmauern des alten Tempels, der einst auf der Insel gestanden hatte, wollte ich den neuen errichten. Es war ein guter Platz, mit einer besonderen Energie. Wir mischten den Zement und gossen das Fundament. Der Grundstock für die Kapelle war gelegt. Nun würden wir warten, bis neue Gelder kämen.

Einige Tage darauf spürte ich ein Unwohlsein. Mir knickten die Knie ein, ich fühlte mich schwach und legte mich auf den Boden unserer im Bau begriffenen Kapelle.

Ich geriet in einen Dämmerzustand, sagte mir, dass ich mir wohl den Magen verdorben hätte, und schlief ein wenig.

Am nächsten Morgen war ich zu schwach, um zur Almosenrunde zu gehen. Ich hatte noch ein Paket Nudeln von einer der vorherigen Runden, kochte Wasser ab und tat die Nudeln hinein. Langsam aß ich etwas, doch kurz darauf erbrach ich alles.

In den folgenden Tagen wurde ich immer schwächer. Ich hatte nie ein großes Aufheben um Krankheiten gemacht, war aber auch nie richtig krank gewesen. Ich zog mich in mich selbst zurück und sagte mir, dass es sicher bald besser werden würde. Ein anderer wäre vielleicht in Panik geraten bei dem Gedanken, hilflos auf der Insel zu liegen, ohne Telefon oder sonst eine Möglichkeit, jemanden zu verständigen. Aber ich vertraute darauf, dass schon alles gut gehen würde. Und bald fühlte ich mich viel zu schwach, um mir Sorgen zu machen.

Neun Tage vergingen, und während dieser Zeit legte kein Fischerboot an der Insel an, obwohl die Fischer gewöhnlich alle drei bis vier Tage vorbeikamen, um sich für ein paar Stunden auszuruhen oder mich wiederzusehen.

Nahrung behielt ich keine bei mir. Ich dämmerte vor mich hin und lag die meiste Zeit in der Meditationshalle. Mein Verstand schuf Trugbilder, ich fieberte.

Als ich eines Nachmittags hochschaute, sah ich zwei Fischer. Leute aus der Stadt hatten sich gewundert, dass ich länger nicht zur Almosenrunde gekommen war, und hatten die Männer gebeten, nach mir zu schauen. Die zwei trugen mich aufs Boot und brachten mich zum Luang Phor Lee in Ban Pen am gegenüberliegenden Ufer des Sees.

Der Abt untersuchte mich, flößte mir eine Traubenzuckerlösung ein und rief schließlich einen Mann zu sich, der einen Pick-up hatte. Vorsichtig legten sie mich auf die Ladefläche und fuhren mich zum Krankenhaus. Ein Mönch, der Englisch sprach, begleitete mich. Wie sich herausstellte, hatte ich ein akutes Magengeschwür.

Der Luang Phor Lee machte kalte Umschläge, um mein Fieber zu senken. Zeitweilig hatte ich so starke Schmerzen und fühlte mich so geschwächt, dass ich am liebsten gestorben wäre. Was immer ich in den vergangenen Monaten geistig erarbeitet hatte, war plötzlich genug für mich. Wenn nur diese Schmerzen aufhörten … Ich bekam Infusionen und Medizin; operiert wurde ich nicht.

Der Luang Phor Lee sagte den Leuten im Dorf, was sie für mich kochen sollten, und bald konnte ich kleine Portionen Nahrung bei mir behalten. Viele Menschen besuchten mich; ihre Freundlichkeit half mir, wieder gesund zu werden.

Ich war noch schwach, aber die Schmerzen ließen nach, und so drängte ich darauf, dass ich aus dem Krankenhaus entlassen wurde.

Der Luang Phor Lee bot an, mich in seinen Tempel zu holen, bis ich wieder kräftig genug war, um auf der Insel zu leben. Am Morgen der Entlassung spuckte ich dunkles Blut, doch ich erzählte keinem davon. Der Abt merkte sehr wohl, dass etwas nicht stimmte, doch er ließ mich in der Sala seines

Tempels schlafen, sorgte dafür, dass ich das richtige Essen bekam und wieder genas.

Dann, endlich, konnte ich auf die Insel zurückkehren.

Als ich unter meinem Baum saß und über die vergangenen Wochen nachsann – von der Schwäche in den Tagen allein auf der Insel bis hin zu den unerträglichen Schmerzen und dem Wunsch zu sterben –, dachte ich bei mir, dass es für mich wohl noch nicht an der Zeit gewesen sei. Aber wie labil ist doch unser Körper, wie rasch kann sich das Wohlbefinden ändern, und wie schnell kann sich körperliche Stärke in Schwäche und völlige Abhängigkeit verwandeln.

Der Polizeipräsident hatte in der Zwischenzeit Geld gesammelt, und so konnte der Bau der Kapelle weitergehen. Als Nächstes zogen wir die Säulen hoch. Für die Wände überlegte ich mir eine unkonventionelle Lösung. Kapellen waren mir immer so dunkel vorgekommen; so sollte diese nicht sein. Also ging ich zu einem Altglashändler und bat ihn, mir leere Flachmänner zu verkaufen. Die schmalen, dickwandigen Flaschen säuberte ich und setzte sie übereinander, so wie man sonst Backsteine zum Mauern verwenden würde. Die fertigen Wände sahen aus wie aus gläsernen Steinen gemacht. Die Wirkung war enorm; das Licht fiel funkelnd durch das Glas und schuf eine ganz besondere Atmosphäre im Innern der Kapelle. Schließlich stellten wir die eine Buddhastatue auf. Ein bewegender Moment.

Ich hatte immer gebaut, die Energie des Bauens war in mir. Als der Polizeipräsident mir das Geld für die Kapelle überreicht hatte, hatte er unbewusst auf diese Energie reagiert.

In mir aber hatte sich durch die Meditation eine neue Wertigkeit breitgemacht. Es war nicht mehr so wie früher. Ich gab immer noch mein Bestes, doch ich lenkte meine Aufmerksamkeit auf den Moment, auf das Schwingen des Hammers, jedes einzelne Klopfen, dieses Zusammenspiel ungezählter Abläufe, die mit allen Aktivitäten einhergehen. Es war direkt angewandte Aufmerksamkeit, im Moment zu bleiben und das jeweils Richtige zu tun.

Die ruhige, aufmerksame Weise des Bauens schien sich auf die Arbeiter zu übertragen. Sie redeten weniger miteinander und konzentrierten sich auf ihre momentane Beschäftigung. Sie machten kaum Fehler, der Bau schritt zügig voran.

Wenn ich in der Kapelle saß und zum Buddha sah, der von Lichtstrahlen umkränzt war, war ich selbst erstaunt, was sich auf derart ungewöhnliche Art und Weise bewerkstelligen ließ. Wir hatten keine Baupläne gehabt. Alles Material war irgendwie zusammengekommen oder improvisiert worden, ebenso das nötige Werkzeug. In einer Gesellschaft, in der die Menschen zusammenwirkten, fand sich immer jemand, der etwas hatte, das er gerade nicht brauchte, oder etwas konnte, das ein Projekt ein Stück weiterbrachte. Ich staunte, über welches Potenzial wir Menschen verfügen, wenn das Miteinander im Zentrum unseres Handelns steht.

Die Leute, die mich besuchen kamen und sich den Tempel ansahen, waren begeistert. Es gab auch Gegenstimmen; an die Verwendung von Schnapsflaschen als Baumaterial einer Kapelle hatte sich bisher noch keiner gewagt. Sogar das Thai-Fernsehen schaute vorbei und drehte eine kleine Reportage. Andere Mönche fanden sich ein. Auch sie waren angetan davon, wie das Licht in die Kapelle fiel. Ich sah es in ihren

Augen, doch sie zeigten es nicht offen. Letztes Endes war ich für viele von ihnen ein Fremdling.

Manche fragten mich: »Wer ist dein Lehrer?«

Meine Lehrer waren die Natur und der Buddha. Was mich antrieb, war der tiefe Wunsch, zu mir selbst zu finden.

4

Zwei Jahre waren verstrichen, seitdem ich auf die Insel gekommen war – jene Zeitspanne, die dort hatte bleiben wollen, was auch immer geschah.

Jetzt überlegte ich, was ich als Nächstes tun sollte. Ich fühlte mich wohl auf der Insel; andererseits verspürte ich den Wunsch, mehr über die Kultur der Mönche in Thailand zu erfahren.

Ich war es gewohnt, meine eigenen Wege zu gehen, doch das Chanten und die Zeremonien bei Hochzeiten, Geburten und Bestattungen musste ich bei anderen Mönchen lernen. Der Luang Phor Gong in Sakon Nakhon bot mir an, zu ihm in den Tempel zu kommen. Er freute sich darüber, dass ich so lange auf der Insel des Himmels geblieben war, um dort zu praktizieren. Gern hätte er mich weiter in der Nähe gewusst, aber sein Tempel lag inmitten der Stadt, und das schien mir zu laut, zu hektisch nach der Zeit der Abgeschiedenheit. Als der Abt eines kleinen Waldtempels mich schließlich einlud, zu ihm zu kommen, sagte ich zu.

Ich legte mein Moskitozelt zusammen, packte meine Habseligkeiten ein und stand ein letztes Mal am Ufer Don Savans, wo vierundzwanzig Monate zuvor alles begonnen hatte. Tiefe Erfahrungen verbanden mich mit dem See und dem kleinen

Eiland; und so dankte ich allen sichtbaren und nicht sichtbaren Energien, mit denen ich mich stark verbunden fühlte.

Dann war er es an der Zeit zu gehen. Das Leben in der reinen, unverfälschten Natur hatte mich die Vergänglichkeit allen Seins auf einer weiteren, tieferen Ebene erfahren lassen, und so war mein Abschied von der Insel nicht von Wehmut geprägt, sondern von dem Wissen, dass alles stets im Wandel ist und es in jedem einzelnen Augenblick gilt, nicht festzuhalten.

Der kleine Waldtempel lag rund fünfundzwanzig Kilometer von Sakon Nakhon entfernt. Ich fuhr an Reisfeldern vorbei mit ihren vereinzelten Pfahlhütten, die den Bauern in der Pflanz- und Erntezeit als Unterkünfte dienten. Dann und wann passierte ich ein Dorf, meist eine Ansammlung von Pfahlhäusern längs der Hauptstraße, mit einem Laden für alles, der obligatorischen Mofawerkstatt und einem kleinen Lokal, vor dem draußen ein paar verwitterte Plastikstühle standen. Im Schatten unter den Pfahlhäusern spielten die Kinder. Hier und da waren Hängematten gespannt, in denen sich die Leute von der harten Arbeit auf den Feldern ausruhten. Große tönerne Fässer standen vor den Gebäuden, um das Regenwasser aufzufangen. Hühner kreuzten die Straßen, Hunde liefen auf der Suche nach einem Knochen hechelnd umher, und hier und dort suhlten sich Wasserbüffel in Pfützen oder stapften durch die Felder. Dies also war der Isaan – eine grüne, wasserreiche Region mit roter, von Kies durchsetzter Erde –, eine der ärmsten Gegenden Thailands.

Wie ich bald merken sollte, hatten die Menschen dort zwar nur das Nötigste zum Leben, gruben in der Erde nach Insektenlarven und fischten in Tümpeln nach Fröschen und was immer sie an Essbarem finden konnten, doch sie nahmen das Leben so, wie es war, und machten das Beste daraus. Selten habe ich einen solchen Zusammenhalt gespürt wie unter den Reisbauern. Einer half dem anderen, und die Mönche der kleinen Dorf- und Waldtempel waren stark in das soziale Leben der Menschen integriert.

Es war neu für mich, das Leben im Tempel. Der Abt freute sich, dass ich zu ihm gekommen war. Ein europäischer Mönch in seinem Tempel war in den Augen der Leute etwas Besonderes und verschaffte ihm Ansehen.

Morgens und abends chanteten die Mönche; die Klänge hallten in meinem Energiefeld wider. Ich hörte aufmerksam zu, besorgte mir über meine Freunde in Bangkok ein Pali-Buch und versuchte zu verstehen, was gesungen wurde. Es war eine mühselige Übersetzerarbeit, aber ich brannte darauf, mitchanten zu können.

Nach der Meditation sandten wir Mönche das tief empfundene Mitgefühl und die universelle Liebe hinaus zu allen Wesen im Universum; auch dazu wurde ein Pali-Wort gechantet. Ich hatte dies auf meine eigene Weise selbst mehrmals täglich auf der Insel praktiziert, und nun kam es mir ein wenig sonderbar vor, mich auf einen anderen Ritus einzustimmen. Deshalb schickte ich immer noch meine eigenen Worte im Stillen hinterher und bedachte alle Wesen – ohne eine Ausnahme – mit universeller Liebe. Für mich war dies neben der Vipassana eine der machtvollsten Übungen. Schon in den frühen Jahren in Singapur hatte ich es versucht. Mit der Schulung der Konzentration und Aufmerksamkeit aber hatte meine Intention nun eine andere Kraft gewonnen. Wenn man einmal im Zustand hoher geistiger Klarheit erkennt, was uns alle im tiefsten Innern verbindet – der essenzielle Wunsch zu leben nämlich –, stellt sich ein Gefühl von Verbundenheit zu allen fühlenden Wesen ein, die keine wissenschaftlichen Erklärungen über Quantenphysik und ähnliche Konstrukte benötigt.

Auch das Prinzip des Mitgefühls fand einen großen Widerhall in mir. Schon früh war mir klar geworden, dass Mit-Leid keinem wirklich helfen kann. Helfen kann man nur, wenn man selbst stark genug ist, um das Mitgefühl auch zur Hilfe bei anderen anzuwenden. Wer mit-leidet, begibt sich in die Energie des Leidens und kann im Grunde nur das Leid weiterverbreiten. Früher in Europa hatte ich oft bemerkt, dass Menschen Mitleid verspürten, wenn sie jemanden sahen, dem es schlecht ging, sich aber aus einem Gefühl der Überforderung abwandten. Sie konnten nicht wirklich helfen. Bei einem Unfall auf der Straße sahen sie weg. Wenn im Fernsehen eine Sendung über eine Hungerkatastrophe kam, schalteten sie auf ein anderes Programm um. Das geschah nicht aus Gleichgültigkeit, nicht immer, sondern häufig aus dem ohnmächtigen Gefühl heraus, dieses Leid mit ansehen zu müssen, ohne etwas daran ändern zu können.

Wer jedoch – im übertragenen Sinne – in einem Moor versinkt, braucht niemanden, der sich an seine Seite begibt, mit ihm leidet und dann mit ihm untergeht. Er benötigt vielmehr die helfende Hand, die ihm aus einer Position der Stärke heraus gereicht wird.

Das Mitgefühl appelliert an unsere Sympathie für alle fühlenden Wesen. Nur wenn wir stark sind und in uns ruhen, können wir helfen. Aus diesem Gefühl heraus kann man dem anderen die Kraft und den Beistand geben, sein Leid zu überwinden. Das ist wirkliches, anwendbares Mitgefühl.

Ich übte dies, wann immer ich einen Anlass zu helfen wahrnahm. Wenn ich einen Krankenwagen sah, schickte ich dem Patienten mein Mitgefühl und die guten Wünsche, dass er bald wieder gesund sein möge. Ich chantete für alte und kranke Menschen, fuhr in Krankenhäuser und hatte ein offenes Ohr für alle, die meinen Rat suchten.

Die universelle Liebe, das Mitgefühl, die Mitfreude und die mentale Ausgeglichenheit stellen Buddhas vier noble Tugenden dar, die Säulen seiner Lehre. Betrachtete ich sie mit meiner auf der Insel geschärften Wahrnehmung, so erschienen sie mir wie Tore zu einem universellen Bewusstsein: Wenn man sie verwirklichte, so befand man sich in einer neuen Dimension der Verbundenheit. Aus dieser Erkenntnis entspringt das Wissen, dass wir alle, ausnahmslos, miteinander verbunden und zugleich doch anders sind.

Dieses Prinzip half mir auch, mich in der für mich noch fremden Gemeinschaft der Mönche zurechtzufinden.

In der Sala herrschte eine strenge Sitzordnung. Vorn, der Buddha-Statue am nächsten, saß der Abt, hinter ihm die Mönche in der Reihenfolge ihrer Ordinationszeit und ganz hinten die Novizen.

Als Europäer wurde ich von den Mönchen kritisch beäugt, ob ich denn auch alles richtig machte, und sie wurden nicht müde, mich zu verbessern. Mönche sind eben auch nur Menschen, dachte ich mir. Mit der Zeit gewöhnten sie sich an mich, auch wenn einige nicht begreifen konnten, wie es mir gelungen war, ohne Lehrer – der für jeden Mönch in Thailand so wichtig ist – den geistigen Stand zu erreichen, den sie in mir wahrnahmen.

Ich ließ sie gewähren und baute mir eine kleine Hütte

ein Stück abseits im Wald. Sie bot mir eine gute Rückzugsmöglichkeit, um zu meditieren, wie ich es von der Insel her gewohnt war.

Schon bald hörten die Menschen aus der Umgebung davon, dass ein Phra Farang im Waldtempel lebte, und kamen vorbei, um mit mir zu reden. Meine Thai-Kenntnisse waren durch den Kontakt mit den Fischern und Arbeitern aus Ban Pen besser geworden, sodass ich mich einigermaßen verständigen konnte. Eine Delegation von Leuten aus Sakon Nakhon besuchte mich und lud mich ein, doch wieder zur Almosenrunde in ihre Stadt zu kommen. Ein Mann stellte mir sogar sein kleines Auto zur Verfügung, und so machte ich mich tags darauf in der Morgendämmerung auf den Weg nach Sakon Nakhon. Die Mönche im Waldtempel freuten sich, denn so kamen auch sie in den Genuss des guten Essens, mit dem ich zuweilen in der Stadt verwöhnt wurde.

Seit ich das Chanten gelernt hatte, blieb ich bei der Almosenrunde oft stehen und chantete für die Leute, um ihnen gute Energie für den Tag mit auf den Weg zu geben. Speziell am Wan-Phra, dem »Mönchstag«, fanden sich die Menschen in Gruppen auf der Straße zusammen, um mich zum Chanten einzuladen.

Wir Mönche aus dem Waldtempel wurden auch oft zu Hochzeiten und anderen Zeremonien gebeten, um zu chanten. Manchmal setzte die Hitze mir arg zu. Die Nähe des Sees hatte auf Don Savan zumindest dann und wann für einen leisen kühlen Hauch gesorgt, wohingegen sich in den Räumlichkeiten mit all den Menschen die Wärme schweißtreibend staute.

Einmal bekam ich beim Chanten einen tief schmerzenden Krampf in der Wade, der mir all meine Aufmerksamkeit abverlangte, um ihn auszusitzen. Denn was hätte es für einen Eindruck gemacht, wenn ich als Mönch aufgesprungen wäre und mir das Bein massiert hätte?

Die Leute brachten uns Mönchen ausnahmslos tiefen Respekt und Verehrung entgegen, doch sie beobachteten sehr genau, ob jeder Mönch sich auch angemessen verhielt und wirklich praktizierte.

Ich merkte, wie mein Wohlbefinden mit der Zeit immer unabhängiger wurde von inneren und äußeren Störfaktoren. Wenn ich Schmerz spürte, lenkte ich meine geschärfte Aufmerksamkeit auf ihn und machte mir eine mentale Notiz; oft verschwand er dann. Tat er es nicht, wiederholte ich die Übung, nahm ihn in meinem Energiefeld wahr und wiederholte die mentale Notiz so lange, bis er wegging. Alles ist vergänglich, auch der Schmerz.

Neben den Hochzeiten waren es auch die Geburten und die Bestattungen, zu denen die Mönche chanteten. Speziell die Feuerbestattungen schenkten mir einen tiefen Einblick in die Kultur der Menschen auf dem Lande. Es oblag den Mönchen, das Feuer zum Verbrennen des Körpers zu entzünden. Dabei wurde gechantet, um dem Verstorbenen gute Energie mit auf seinen neuen Weg zu geben. Auch war es Sitte, dass die Mönche am nächsten Morgen die noch nicht verbrannten Knochen auflasen und in einer kleinen Glasschale sammelten. Die Knochen wurden dann auf den Feldern in einer Pagode bestattet. Reichere Familien oder solche aus der Stadt errichteten oft ihre eigenen Pagoden in den umliegenden Tempeln.

Mir fiel auf, dass sich die Menschen in den Dörfern und kleinen Städten auf den Tod vorbereiteten. Sie gingen wie selbstverständlich davon aus, dass die Energie, die sie zum Zeitpunkt ihres Todes in sich trugen, ihr nächstes Leben bestimmen würde. Der Tod war ein wichtiges Ereignis im Kreislauf aus Geburt und Wiedergeburt, und die Menschen bemühten sich, Altes und Vergangenes abzuschließen, um es nicht weiter mit sich herumzutragen.

Ich musste in diesem Zusammenhang an Schlangen denken. Wenn sie sich häuteten, ließen sie ihre Hülle zurück, die wieder in den Kreislauf der Natur ging. Danach sahen sie anders aus, hatten sich verändert, doch die Grundenergie, die sie zur Schlange gemacht hatte, bestand fort und entwickelte sich weiter.

Als Mönch versuchte ich, den Sterbenden dabei zu helfen, sich vorzubereiten, sich zu beruhigen und das eine Leben auf die richtige Art loszulassen, damit sich das andere Leben gut gestalten können.

Wie natürlich war das Sterben auf dem Land in einem Umfeld, das Stille und Einkehr zuließ, mit dem Halt einer großen Familie, die alles tat, den Sterbenden auf seinem Weg mit guten Energien zu begleiten! In Krankenhäusern, so dachte ich, wurde den Menschen durch Maschinen und starke sedierende Medikamente die Möglichkeit genommen, diesen Dimensionenwechsel bewusst zu vollziehen.

Jeder von uns muss sterben. Die wichtige Frage lautet nicht, *ob* wir sterben, sondern *wie* wir sterben. Denn dieses *Wie* hat einen großen Einfluss auf unsere nächste Existenzform.

5

Ich lernte viel aus dem unmittelbaren Kontakt mit den Menschen, die zum Waldtempel kamen. Die Tempel in Thailand bilden nicht nur ein Refugium für Mönche, sondern auch einen Teil des sozialen Netzes. Den größeren Tempeln sind Schulen angeschlossen, und sie alle sind eine Anlaufstelle für Menschen, die eine geistige Wegbegleitung suchen, die Probleme haben, alt oder krank sind.

In dieser Zeit wurde mir bewusst, dass ich zwar meinen eigenen Weg der Erkenntnis gegangen war, dabei aber viel erfahren hatte, was anderen Menschen direkt helfen und zugutekommen konnte. Nie hatte ich mir Wissen nur angelesen, was bei der zu jener Zeit noch recht begrenzten Auswahl an Büchern auf diesem Sektor auch nicht möglich gewesen wäre. Eher verhielt es sich so, dass ich, wenn ich ein Buch las, anhand meiner eigenen Erfahrungen wusste, was die Worte ausdrücken sollten. Und nach wie vor war die Natur ein wichtiger Lehrmeister für mich.

Eines Abends ging ich zu meiner Schlafstelle im Wald. Die Hütte hatte schon seit Längerem ein Loch im Schilfdach, das ich vor Beginn der Regenzeit unbedingt ausbessern musste. An diesem Abend war das Innere der Hütte von großen schwarzen Ameisen vollkommen übersät. Unmöglich, sie da wieder wegzukriegen. Aber wenn man lange genug mit der Natur lebt, lernt man, sich mit ihr zu arrangieren, anstatt sie zu bekämpfen. Und so überließ ich den Ameisen meine Hütte für die Nacht und schlief in der Sala.

Als ich am nächsten Morgen zur Hütte kam, waren die Ameisen weg. Ich inspizierte die Umgebung und bemerkte, dass sie genau dort, wo das Loch im Dach war, ein Nest gebaut hatten. Ich beobachtete die Tiere eine Weile. Sie hatten sich einen Pfosten als Straße ausgesucht; dort liefen sie hoch zum Nest und wieder hinunter. Die Hütte selbst ließen sie von nun an unberührt. Ich zog wieder ein und ließ sie gewähren. Das Dach war durch ihr Nest geflickt, und es hielt während der ganzen Regenzeit dicht.

Anhand dieses Beispiels fragte ich mich, warum wir Menschen immer so vorschnell mit unserem Willen in den Fluss der Natur eingreifen wollen. Denn im Grunde wissen wir doch meist nicht, was wirklich passieren wird oder was unser Eingriff bewirkt und in Gang setzt.

Ebenso die Wissenschaften, die versuchen, mit allen möglichen Mitteln und immensem Geldaufwand die universelle Natur und unsere Existenz darin zu verstehen. Das verborgene Wissen erscheint mir oft wie ein verschlossener Krug. Kaum jemand kommt auf die Idee, dass es möglich sein könnte, sich mit dem Inhalt des Kruges zu verbinden. Vergeblich versuchen die Menschen, den Krug von außen zu öffnen. Irgendwann greift jemand zum Hammer und zerschlägt den Krug, ohne zu wissen, was herauslaufen wird. Doch was immer da herausläuft – wir müssen damit leben, ob wir es wollen oder nicht. Es kann nicht mehr in den Krug zurückgedrängt werden.

Neue Erfindungen werden uns oftmals angepriesen als

Beitrag zu unserer Weiterentwicklung, doch alles hat zwei Seiten. Jemand, der mit eigener Kraft ein Haus baut, kann das Haus auch wieder zerstören. Es ist dieselbe Kraft – nur anders angewandt.

Ähnlich verhält es sich mit Erfindungen und neuen Erkenntnissen – wie werden sie umgesetzt? Können wir wirklich wissen, was zu unserem eigenen Wohl gut ist?

Angesichts dieser Verantwortung kann mancher sich überwältigt und handlungsunfähig fühlen. Deshalb ist die gute Intention beim Handeln von zentraler Bedeutung. Man sollte bestrebt sein, die guten Energien, über die wir alle verfügen, freizulegen und mit besten Intentionen zu handeln, sich nicht von dem eigenen Ego leiten zu lassen oder nur vorzugeben, etwas Gutes zu tun.

Wirklich Gutes zu tun aber heißt, schlussendlich bei sich selbst anzufangen. Alle Geheimnisse des Universums sind in jedem Einzelnen von uns vorhanden. Dieses verborgene Wissen in uns selbst aufzudecken und zu verstehen heißt, das Universum zu verstehen mit allem, was dazugehört, sei es sichtbar oder nicht sichtbar.

In den Jahren als Waldmönch wurde mir klar, wie sehr Buddhas Lehre auf unser tägliches Leben ausgerichtet ist und bei all unseren Aktivitäten zur Anwendung kommen kann.

Ich war erstaunt, als ich eines Tages gebeten wurde, eine Radiosendung zu machen. Anfangs erschien es mir seltsam, dass ich – ein europäischer Mönch – die Lehre Buddhas weitertragen sollte. Doch es stellte sich heraus, dass es hierbei nicht um die abstrakte Lehre Buddhas ging, sondern – was noch wichtiger war – deren Anwendung im täglichen Leben.

Also fuhr ich von da an jeden Samstag und Sonntag nach

Sakon Nakhon zur Radiostation und sprach auf Englisch über die Lehre der Gesetzmäßigkeiten, die vier noblen Tugenden, die vier noblen Wahrheiten und die Praxis der Meditation. Ich bemühte mich, nicht zu theoretisieren, sondern den Menschen anhand von praktischen Beispielen den Schlüssel zu Wohlbefinden und Glückseligkeit in die Hand zu geben.

Ich hatte ein Floß gebaut, die Wasserroute selbst erkundet, und nun stellte ich das Floß anderen zur Verfügung. Buddhas Erfahrungen und Erkenntnisse hatten mir das Werkzeug gezeigt, das ich brauchte, um das Floß dauerhaft seetüchtig zu machen und auch bei schweren Stürmen nicht kentern zu lassen.

Die Radiosendung wurde populär. Lehrer hielten ihre Schüler an, am Wochenende vor dem Radio zu sitzen, weil sie dabei die praktische Anwendung von Buddhas Lehre und zugleich Englisch lernen konnten. Auch den Mönchen gefiel die Art, wie ich Buddhas Erfahrungen mit dem Leben der Menschen in der heutigen Zeit verwob.

Wegen der Radiosendung suchten mich immer mehr Leute auf, die neugierig waren und sehen wollten, wie ich lebte. Das brachte Unruhe in den abgeschiedenen Waldtempel, und ich spürte, dass es Zeit wurde weiterzuziehen.

Eines Tages kam ein Deutscher vorbei, der mit seiner thailändischen Frau in der Nähe lebte und sich gern mit mir unterhalten wollte. Er besuchte mich in der Folge recht häufig, und schließlich brachte er seine Schwiegermutter mit, eine tiefreligiöse Frau, die selbst schon in Tempeln gelebt hatte. Sie erzählte mir von einem kleinen Stück Land, das ihr gehörte. Sie wollte gern etwas Gutes tun und fragte mich, ob ich es mir einmal ansehen wolle und mir vorstellen könnte, dort hinzuziehen und das Land in der Art und Weise zu nutzen, die ich für richtig empfand.

So geschah es, dass der Deutsche mich tags darauf abholte und mit mir nach Kusuman fuhr, einem Dorf zwischen Sakon Nakhon und Nakhon Phanom gelegen. Hinter Kusuman bog er ab und fuhr eine Straße entlang, die sich durch die Reisfelder wand. Schließlich hielt er an; wir waren an unserem Ziel angelangt. Vor mir lag ein verwunschenes Stück Land, wild überwachsen von allerlei Grün.

Ich tat ein paar Schritte und fühlte die Energie, die das Land durchströmte. Mit einem Lächeln wandte ich mich an meinen Begleiter und nickte. Ja, es fühlte sich gut und richtig an.

Erneut wurde ich vom Fluss des Lebens weitergetragen. Ich wusste, dies war eine neue Etappe in meinem Leben, und sie war noch immer nicht die letzte.

6

Ruhe lag über dem Land. Es war dunkel geworden, der Mond eine schmale Sichel. Nahe den Bäumen zogen Leuchtinsekten ihre Bahn. In der Ferne bellte ein Hund, eine ganze Meute fiel heiser ein. Plötzlich verstummten sie, und die Stille schien alles zu umschließen. Einen Herzschlag später kehrten die Geräusche der Natur zurück. Ein Rascheln im Baum; vielleicht ein Eichhörnchen, das sprang. Das Plätschern des nahen Baches. Ein Windhauch, der sirrend durch das Schilf fuhr. Und eine Helligkeit über allem, die nicht dem Mond entsprang.

Ich kniete auf dem kleinen Stück Land, das mir überantwortet war, vor dem Luang Phor Ong San, dem Buddha vom See. Ein Mönch, der mich auf der Insel besucht hatte, hatte ihn mir geschenkt. Auf gewisse Weise war der See mit all seinen Energien immer bei mir.

Ich chantete. Verband mich mit dem Land, mit seinen sichtbaren und unsichtbaren Energien.

Oft glauben wir Menschen nur, was wir sehen. Aber können wir die Luft sehen, die wir atmen? All die Energien um mich herum – hohe geistige, flirrende und schützende – umfingen mich, und es schien, als hätten sie nur darauf gewartet, dass ich kam. So, wie ein wilder Garten auf seinen Gärtner wartet, der ihn behutsam von Ranken befreit, der wässert und düngt und die Wege bereitet.

In den ungezählten Stunden der Meditation war ich zu mentalen Ebenen gelangt, auf denen der Mensch fähig ist, wirklich zu sehen. Ich fand Antworten auf meine Fragen, die mir damals, nach dem Unfall, durch den Kopf gegangen waren – woher ich komme, wer oder was ich eigentlich bin, wohin ich gehe … Es waren keine Glaubensvorstellungen, kreiert von diesem Gemisch aus Hoffnung und Angst, das uns Menschen oft überlagert. Alles war nun durchsetzt mit Helligkeit, mit Klarheit.

Wenn das dritte Auge sich öffnet, erkennt der Mensch die Zusammenhänge der Naturgesetze. Ich erfuhr, was sie für mich bedeuteten – für jeden einzelnen Menschen. Und auch das war nicht die letzte Stufe. Ich meditierte weiter und sah die Dimensionen unseres Seins, realisierte sie. Zugleich erwachte in mir der Wunsch, das Wissen weiterzugeben.

Oft hatte ich Menschen, die im Tempel meinen Rat suchten, die Metapher vom Goldfisch erzählt. Der Goldfisch schwimmt in einem trüben Teich und denkt, es sei die einzige Welt, die es gibt. Es ist die Welt, die er versteht. Doch mit der Zeit lagern sich die trüben Teilchen am Grund ab, und er sieht immer klarer.

Der erste Prozess ist zu erkennen, dass man nichts weiß. Dann braucht man Geduld, für das Streben nach Klarheit. In den vergangenen vier Jahren hatte ich viel Geduld mit mir gehabt und meine Aufmerksamkeit geschärft. Denn ein einziger unbedachter Flossenschlag des Goldfischs kann das Sediment wieder aufwirbeln, und erneut wird das Wasser trübe.

Als ich in jenen ersten Tagen und Nächten auf dem kleinen Stück Land meditierte, erspürte ich die Energien, die es durchströmten. Mit den gewöhnlichen Augen betrachtet, war es nur ein wilder Fleck Erde, vereinzelt mit Bäumen bestanden und gänzlich überwuchert von einem Dickicht aus tropischen Pflanzen. Ein wenig wilder Reis stand in den feuchten Senken. Einer der früheren Besitzer hatte wohl versucht, aus dem Land Ertrag zu ziehen, doch es hatte sich geweigert und war schon bald an die Natur zurückgefallen. Die Erde war rot, durchsetzt mit Steinen, von Gräsern und Zwergmimosen bedeckt. Der Bach, an den Ufern mit Schilf bewachsen, mäanderte durch das Land. Sein Lauf erinnerte mich an eine Schlange, die sich träge dahinwindet, mit grünlich glitzernder Haut.

Ich hängte mein Moskitozelt unter einen Baum nahe einem Sandhügel. Als Erstes errichtete ich einen kleinen gemauerten Altar für den Buddha vom See. Wieder war ich zu einem geworden, der baut. Hier gab es allerdings keine Ruinen, auf die ich eine Kapelle hätte setzen können. Der einzige Plan, den ich hatte, gründete auf dem tiefen Wunsch, einen Platz zu schaffen, dessen Energien einen jeden, der herkam, bestmöglich unterstützten. Sei es, dass jemand Rat suchte, die Natur atmen, sich zurückziehen oder selbst praktizieren wollte.

Wenn ich meditierte oder über das Land spazierte, spürte ich die tiefe Verbindung zum Wasser. Hier musste es reiches Grundwasser geben, unterirdische Seen, Bachläufe ... In meiner Vorstellung entstand das Bild einer Landschaft aus Teichen und Seen, die sich gegenseitig speisten. Welches Element konnte den Fluss der Energien sonst so tief symbolisieren wie das Wasser? Und so sollte der erste Spatenstich das Bett für einen See schaffen, der vom nahen Bach gespeist wurde. Doch bis dahin würde es wohl noch eine Weile dauern.

Wie zuvor auf der Insel suchte ich den Kontakt zu den umliegenden Dörfern, ihren Bürgermeistern und Äbten. Hier war ich noch ein Fremder, und die Menschen beobachteten genau, was ich da auf dem Stück Land tat. Morgens ging ich zur Almosenrunde in eines der umliegenden Dörfer, um mit den Menschen in Kontakt zu kommen.

Es war ein anderes Leben als auf der Insel mit ihrer Nähe zur Stadt. Das Dorf nach Süden hin war sechs Kilometer entfernt und das nach Norden hin vielleicht fünf. Reisfelder erstreckten sich entlang der Straßen. Ab und an begegnete ich einem Fahrrad- oder Mofafahrer.

Ich mochte die Ehrlichkeit der Menschen, die so stark mit ihrem Land verwurzelt waren. Sie lebten im Fluss der Jahreszeiten und im direkten Einklang mit der Natur, die ihnen nur das Allernötigste zum Überleben gab. Doch sie ehrten dies, als wüssten sie genau, dass selbst das Regenwasser, dazu eine Schale Reis, ein paar Wurzeln, Schnecken und dann und wann ein Frosch oder Fisch mehr sind, als vielen Menschen auf unserer Erde zur Verfügung steht.

Oft besuchten mich Leute, die neugierig geworden waren, denn nur selten verlief sich ein Europäer in diese ländliche Gegend. Und wenn es doch einmal passierte, dann war es sicherlich kein Mönch. Ich chantete für sie, unterhielt mich mit ihnen und freute mich, dass sich auch hier schon bald alle Energien auf gute Weise miteinander verwoben.

Dem Land aber gab ich den Namen Nava Disa – Die Neun Richtungen. Acht Richtungen standen für die Himmelsrichtungen Nord, Ost, Süd, West, Nordost, Südost, Südwest und Nordwest, die neunte für die Ausrichtung nach oben. Es sollte ein Ort werden für Menschen, die von überall her kämen, um zu praktizieren. Ein Ort, an dem Energien unterstützend zusammenliefen und es allen sichtbaren und nicht sichtbaren Wesen ermöglichten, sich energetisch zu verfeinern.

Wenn wir im Einklang sind mit der Natur und einen Platz finden, an dem wir uns in sie zurückziehen können, dann ist Raum für die Sehnsucht, zur Ruhe zu kommen, sich weiter zu entfalten. Ein Gefühl, das in der lauten, hektischen Gegenwart so häufig übertönt wird. Und das doch uns alle verbindet.

7

Durch Unterstützungen der vielfältigsten Art – unter anderem auch von Deutschen, die mit ihren thailändischen Frauen in meiner näheren Umgebung lebten – verbesserte sich meine finanzielle Lage so, dass ich anfangen konnte, meinen Teil zur Entfaltung des Platzes beizutragen.

Schon bald kamen regelmäßig Männer aus den umliegenden Dörfern vorbei, die mir dabei helfen sollten und die ich anlernte. Für sie hatte die Arbeit auf Nava Disa den Vorteil, dass sie nicht in Bangkok nach einer Anstellung suchen und dafür ihre Familien verlassen mussten. Sie blieben in ihrem Umfeld als Teil der Gemeinschaft, die den Menschen gerade hier auf dem Lande schon immer viel bedeutet hat. Zudem halfen sie dabei, einen ganz besonderen Platz zu schaffen.

Das Land war wild; wuchernde Pflanzen hatten einen Großteil der Blumen und Bäume erstickt. Behutsam schnitten wir sie zurück, damit Licht und Luft in die verborgenen Winkel gelangen und neues Wachstum anregen konnten. Wir befreiten das Erdreich von toten Baumstümpfen, und ich sammelte die herumliegenden rötlich-schwarzen Steine auf, die den Boden überall durchsetzten. Diese Art Vulkangestein ließ sich gut als natürliches Baumaterial verwenden, das sich harmonisch in die Umgebung einfügte.

Von Anfang an war ich darum bemüht, die schon vorhandenen guten Energien des Platzes zu verstärken und zu deren Entfaltung beizutragen. Wir alle kennen Orte, an denen wir uns berührt fühlen. Nava Disa war solch ein Ort. Erst später erfuhr ich, wie dieses Stück Land im Volksmund heißt: Fenster zum Himmel.

Als ich meine ersten Schritte auf Don Savan, der Insel des Himmels, gemacht hatte, war ich barfuß gewesen und hatte die Energie des Landes in mich einfließen lassen. Noch gut erinnere ich mich an die Wärme, die ich dabei fühlte. Damals verband ich mich mit den sichtbaren und nicht sichtbaren Energien auf der Insel. Ich tat es aus der Intention heraus, mich einzugliedern in das Gefüge des dort schon Vorhandenen.

Wann immer ich darüber nachsann, wie ich das Fenster des Himmels gestalten sollte, hielt ich es ähnlich wie auf Don Savan. Doch anders als bei jenem ersten Schritt kannte ich die Energien nun; ich wusste um ihre Art, was sie mit sich brachten und wozu sie führen konnten. Dementsprechend handelte ich nun. Ich baute hier, hob dort Erde aus, schüttete sie an anderer Stelle wieder auf, räumte Hindernisse fort, ließ das Wasser fließen, sich sammeln und seinen natürlichen Lauf nehmen.

Wann immer man etwas tut, ist die eigene Energie, die man einbringt, von höchster Bedeutung; je klarer die Energie ist, die man einsetzt, desto besser zeigt sich ihre Wirkung.

Nava Disa war wie ein roher Diamant in der Erde. Wertvoll von Natur aus, wartete er darauf, vom Richtigen gefunden zu werden. Von jemandem, der weiß, wie man einen solch seltenen Diamanten behandelt, von jemandem, der ihn schleift und poliert, damit seine wahre Schönheit zur vollen Geltung kommt.

An einer Stelle, die nur spärlich bewachsen war, hob ich den ersten der Seen aus, der von dem Bach gespeist wurde. Wir gruben vier Meter tief. Das Erdreich schütteten wir dort auf, wo vorher die Schlingpflanzen gewuchert hatten. Schon bald konnte ich auf dem einstigen Brachland neue Bäume setzen. Lehrer besuchten mich mit ihren Schulklassen, und die Kinder halfen, Sträucher und Bäume zu pflanzen, die den Tieren des Waldes einen Lebensraum boten.

Auch im See wimmelte es bald von natürlichem Leben. Die Leute aus der Umgebung trugen ihren Teil dazu bei, indem sie Schildkröten von den umliegenden Feldern zu mir brachten, um sie im See auszusetzen.

Inmitten des Sees schüttete ich eine kleine Insel auf und setzte zwei hohe Steine darauf. Diese Insel stellte das Symbol für unsere mentale Energie dar, die es so stark zu machen gilt, dass wir nicht länger hin und her geworfen werden von den Stürmen des Lebens. Jeder von uns vermag eine Glückseligkeit in sich finden, die dauerhaft ist, auch wenn die Wogen des Schicksals scheinbar über uns zusammenschlagen. Wer praktiziert und das Wissen in sich etabliert, wird zu einem Fels in der Brandung, zu einer Insel im See. Was immer im Außen geschieht: Das Wasser wird sich teilen, statt uns fortzuspülen.

Diese Erkenntnis sollten auch die Menschen gewinnen, die zu mir fanden. Ich sah es als meine Aufgabe an, ihnen zu helfen, selbst zu einem Fels zu werden. Loszulassen und wahrhaftig frei zu werden. Stark zu werden, wie eine Insel im See, die den Wogen des Lebens standhält.

Viele Menschen hoffen, dass es ihnen gelingt, Momente der Freude auszudehnen und das Glück festzuhalten. Sie stellen sich vor, was sie glücklich machen könnte, und versuchen alles, um diese Vorstellung zu verwirklichen. Doch es gibt kein beständiges Glück, das von Außen kommt. Was immer wir für Glück halten – sei es ein seelisches oder körperliches Hochgefühl, Erfolg, ein Moment des Einsseins mit einem anderen Menschen oder der Natur –, kann nicht von Dauer sein. Wie viel Energie stecken wir in die Versuche, solche Momente zu kreieren und anschließend immer wieder zurückzuholen? Wie viel Energie bringen wir auf, um negative Gefühle, die in uns aufsteigen, zu überdecken? Welche Versprechen machen wir, um die Hoffnung zu bewahren, das Glück möge uns stets begleiten? Wir versuchen, Menschen zu halten, unseren Besitz zu wahren, versichern, was immer wir versichern können, und zahlen einen unverhältnismäßig hohen Preis an Lebensenergie dafür.

Doch wie glücklich und zufrieden wir auch sein mögen, so ist einzig die Vergänglichkeit unser verlässlicher Begleiter. Das hatte ich selbst an meinem eigenen Leib erfahren – und nicht nur ich. Unfälle, Krankheiten, Verluste, Katastrophen, aber auch unsere allzu menschlichen Grundinstinkte wie Gier und Hass können uns schon in der nächsten Sekunde nehmen, was wir unser Glück nennen.

Vom Nong-Han-See holte ich Lotosblumen und pflanzte sie in den See. Es waren Nacht- Lotosse, im Mondlicht öffnen sie ihre pinkfarbenen Blüten – auch sie ein Zeichen für das, was in uns Menschen im Verborgenen blüht und doch ans Licht gelangen will.

Im Lauf der folgenden Monate hoben wir zwei weitere Seen aus, die ich durch Überläufe verband. Wenn der Wasserstand des obersten Sees hoch genug ist – wie in der Regenzeit –, münden Wasserfälle in den zweiten, größeren See und von dort in einen dritten, der mit dichtem Schilf bestanden ist. Fällt der Regen in Strömen, so sammelt sich das Wasser in Bächen und fließt in die Seen, statt Tümpel zu bilden und die Erde wegzuschwemmen.

Die Sträucher und Bäume wuchsen in Windeseile. Ich pflanzte Tausende. In ihrem Schatten gediehen Orchideen und andere tropische Gewächse. Die Luft war voll von Wohlgerüchen und Vogelgezwitscher.

In mühsamer Arbeit sammelte ich das Baumaterial zusammen. Es ist immer wieder erstaunlich, welche Schätze man findet, wenn man nicht mit einer festen Vorstellung durch das Leben geht, sondern die Augen öffnet und sich das nimmt, was am Wegrand liegt und nur auf einen zu warten scheint.

Ich hatte schon etliche der rötlich-schwarzen Isaan-Steine zusammengetragen. Als Nächstes fragte ich die Reisbauern der umliegenden Felder, ob ich auch ihre Steine aufsammeln dürfe. Sie waren froh darüber, denn die scharfkantigen Brocken waren beim Bestellen der Felder nur hinderlich. Später sammelte ich Steine aus der weiteren Umgebung, am Ufer des Mekong und in den Bergen.

Das erste Gebäude, das entstand, war ein kleiner achteckiger Bungalow, in dem Arbeiter, die über Nacht blieben, und später auch Gäste schlafen konnten.

Dann war es an der Zeit, mit dem Bau der Sala – der Meditationshalle – zu beginnen.

Wir errichteten das Fundament des achteckigen Bauwerks,

stellten Säulen auf und überdachten die Halle. Um den äußeren Grundriss herum legte ich einen großen Wassergraben an, der zum Teil auch durch den Innenraum der Halle floss. An der Wand, vor der die Buddha-Statue aufgestellt werden sollte, baute ich einen Wasserfall aus Sandsteinen. Die Statue selbst setzte ich in einen großen Lotos, der den Anschein machte, auf dem Wasser zu schwimmen. Es sollte noch Jahre dauern, bis ich die Wände hochziehen und den Fußboden auslegen konnte. Ich hatte eine lichtdurchflutete Sala im Sinn, mit großen Fenstern nach allen Seiten hin. Noch fehlte es am notwendigen Material dafür.

Während die Sala entstand, fertigte ich ein sogenanntes Drachenauge auf der anderen Seite des Weges an. Ich schichtete große, verschiedenfarbige Kieselsteine aus dem Mekong pyramidenförmig auf, verzierte die Spitze mit Halbedelsteinen und krönte sie mit einer Kristallkugel, die die Pupille des Auges darstellt. Auch hier baute ich einen Springbrunnen: Von der Pupille des Drachenauges ausgehend, fließt das Wasser über die Steine und lässt sie im Sonnenlicht vielfarbig glänzen.

Drachen – oder Nagas – werden in Thailand hoch verehrt und gelten als kraftvolle, beschützende Wesen, die in einem nicht sichtbaren Raum leben. Zuweilen – so heißt es – können sie auch für den Menschen sichtbar werden, indem sie sich materialisieren.

Ich selbst hatte schon früh begonnen, meinen Verstand zu öffnen und nicht an starren Kategorien festzuhalten. Ob sichtbar oder nicht sichtbar – seit meiner Zeit auf der Insel war mir klar, dass in unserem Universum kraftvolle unterstützende Energien existieren, die unser limitierter menschlicher

Verstand nur schwer fassen kann. Buddha selbst hatte eine hohe Meinung von den Nagas, und die Nagas schützten den Buddha und seine Lehre. Als ich das Drachenauge baute, geschah es als Reminiszenz an eine Kraft, die unser Universum durchzieht, wie auch immer wir sie nennen mögen.

Wer von uns kennt nicht das Gefühl, etwas wahrzunehmen, das sich dem urteilenden Verstand entzieht? Wenn wir nach Beweisen suchen, vertreiben wir die Wahrnehmung zuweilen. Doch eine Wahrnehmung, die in ihrer Direktheit keine Beweise braucht, eröffnet uns so manch andere Dimension.

Eine ganze Weile schlief ich noch in meinem Moskitozelt unter dem Baum, dort, wo ich auch meine erste Nacht auf diesem Stück Land verbracht hatte. Später baute ich eine kleine Hütte, nah an der Grenze des Grundstücks gelegen. Das Schilfdach schützte mich vor Regen, und ich konnte mein Moskitonetz direkt unter das Dach hängen. Der Platz, an dem die Hütte stand, war ein Knotenpunkt der Energien, die das Land durchzogen.

Abends chantete ich, nachts meditierte ich vor dem kleinen Altar, den ich nach meiner Ankunft errichtet hatte. Die Kutte wusch ich im Bach. Noch immer war sie Zeichen für das Gelübde, das ich mir selbst gegeben hatte: zu praktizieren, so gut ich nur konnte.

Das Wissen, das ich während der Meditation erlangte, wurde tiefer und tiefer, die Erkenntnis schärfer und schärfer. Wissen setzt sich aus vielen unterschiedlichen Erkenntnissen zusammen. Manchmal war es, als schalte man eine Glühbirne an, dann wieder schien es, als bringe man eine ganze Lichterkette, eine Birne nach der anderen, zum Leuchten. Immer mehr durchdrang die Helligkeit den Schleier der Verschwommenheit, und es kam eine tiefe Klarheit zum Vorschein, die kaum in Worte gefasst werden kann. Der menschliche Geist wird schließlich wie ein stiller See, an dem sich eine ungeahnte Vielfalt von exotischen, noch nicht entdeckten Tierarten zum Laben einfindet.

Tagsüber verrichtete ich die Arbeit, die anstand. Mit jedem Tag wurde das Licht, das der Nava-Disa-Diamant ausstrahlte, ein wenig heller und half den Menschen, das Fenster des Himmels zu finden.

In Sakon Nakhon hatte sich herumgesprochen, dass ich auf dem kleinen Stück Land nahe dem Dorf Kusuman lebte. Wie zuvor im Waldtempel besuchte mich eine Delegation aus der Stadt und lud mich ein, zur Almosenrunde zu kommen. Ich hatte ein kleines Auto zur Verfügung, und so machte ich mich allmorgendlich auf den Weg in die Stadt. Das viele Essen, das ich bekam, schenkte ich den Arbeitern im Nava Disa, die es wiederum an ihre Familien und Nachbarn weitergaben. Die abgepackten Lebensmittel brachte ich zu den Schulen und Kindergärten. Auf diese Weise verteilten sich die Gaben von der Stadt auch aufs Land. Ich selbst war Teil des Ganzen. Bekam ich etwas, behielt ich nur, was ich wirklich brauchte, und gab den Rest weiter.

Von dem Geld, das zu meiner Unterstützung gegeben wurde, kaufte ich Baumaterial und bezahlte die Arbeiter. So ging es Stück für Stück voran.

Von Zeit zu Zeit kam der Polizeioffizier des Distrikts vorbei, um mit mir gemeinsam zu chanten. Die Leute wurden neugierig, das Chanting beeindruckte sie. Viele spürten, dass die alten Gesänge ihnen Wohlbefinden schenkten. Wenn die gesungenen Silben über das Land hallten und sich mit der Natur verbanden, entstand eine ganz eigene Energie, die die Menschen mit dem Universum und allen fühlenden Wesen verband.

Oft wurde ich zu Kranken gerufen, um für sie zu chanten. Nahe dem Nava Disa lebte eine Frau, die schwer krebskrank war; Metastasen hatten ihren ganzen Körper befallen. Auch wenn das Chanting sie physisch nicht mehr zu heilen vermochte, so wurden ihr die Schmerzen genommen, und sie konnte Kraft und Vertrauen sammeln, um sich auf den Wechsel in eine andere Dimension vorzubereiten. Sie starb ruhig und mit einem Lächeln auf dem Gesicht.

Ein anderer Mann aus der Umgebung lag im Krankenhaus und wurde Tag für Tag schwächer. Der Arzt war an die Grenzen seiner Heilkunst gestoßen, und so bat seine Familie mich, ihm zu helfen. Er lag allein in einem kleinen Krankenzimmer, als ich ihn besuchte. Ich kniete nieder und begann zu chanten. Sein Gesicht hellte sich auf, und er entspannte sich. Als ich mich von ihm verabschiedete, spürte ich, dass er neue Kraft in sich erlangt hatte und gesund werden würde. Ich öffnete die Tür des Krankenzimmers; draußen knieten Ärzte, Krankenschwestern, Patienten mitsamt ihren Besuchern auf dem Boden. Sie waren von den Klängen des Chantings angelockt worden und spürten ihre heilende Kraft.

Medizin, Operationen und Therapien können eine Krankheit vielleicht ausradieren. Doch wahre Heilung geht zu dem Ursprung der Krankheit zurück und ist damit ein energetischer Prozess, der in uns selbst beginnt.

Das Chanting hatte dem Mann geholfen, eine neue Energie in sich aufsteigen zu lassen, die ihm Kraft gab, die alten, krank machenden Strukturen loszulassen. Schon bald war er geheilt.

So wuchs der Austausch mit der Umgebung und begann zu fließen. Für die Menschen der umliegenden Dörfer war ich derjenige, dem sie sich anvertrauten, wenn es um etwas Besonderes ging; etwas, das sie nur einem mit guten Geistern verbundenen Waldmönch zutrauten. Ich reinigte Häuser und Straßen, auf denen viele Unfälle passierten, von schlechten Energien, hielt Lichterzeremonien ab, chantete und kümmerte mich um jeden, der zu mir fand. Ich ging jedoch nie hinaus, um Menschen zu suchen. Es war wichtig, dass sie, von ihrer eigenen Energie getragen, zu mir kamen.

Wer immer mich brauchte, der würde mich finden, da war ich mir gewiss.

8

Blicke ich heute zurück auf die Zeit, in der das Nava Disa entstand, so zeigt sich mir eine Kette aus Ursache und Wirkung, deren einzelne Glieder sich eines nach dem anderen reibungslos zusammenfügten.

Hätte ich ein »Bauvorhaben« gehabt – sprich: ein festgestecktes Ziel –, wäre es wohl kaum möglich gewesen, einen solchen Platz auf diese Weise wachsen zu lassen. Ziele setzen Grenzen; das Nava Disa aber wuchs und entfaltete sich gemäß den universellen Gesetzen der Natur. Je mehr man diese Energien durch sein eigenes Denken und Handeln unterstützt, desto leichter entfalten sie sich zum Wohle aller Beteiligten.

Einzig der Augenblick zählt – und mit ihm die Energie der guten Intention, die in jeden Handgriff einfloss, den wir taten. Ein Augenblick führte zum nächsten, der von dem vorhergegangenen Augenblick bestimmt wurde.

Im zweiten See errichtete ich eine Kuan-Yin-Sala auf dem Wasser. Beim Ausheben des Sees war ich auf ein seltenes Kristallgestein gestoßen, das nur an diesem Platz zu finden war. Jetzt bildete es das Fundament für die achteckige Pilz-Plattform der Sala.

Ich lud den Luang Phor Gong ein, den Grundstein zu

legen, um seine universelle Liebe in die Zeremonie mit einfließen zu lassen. Er fühlte sich hochgeehrt.

Eine Brücke verband das Bauwerk mit dem Land, und ich schmückte die Geländer mit großen geschwungenen Nagas. Ihre Schuppen fand ich im Mekong: von der Strömung abgeschliffene Flusskiesel, die ich aneinanderschichtete. Wenn das Licht sich auf ihrer polierten Oberfläche fing, sah es aus, als seien die Nagas lebendig und nur für den Moment in ihrer Bewegung erstarrt.

Im Zentrum des Achtecks stellte ich eine Statue der Kuan Yin auf. Nach Osten gewandt, hält sie eine Kugel in der Hand – als Sinnbild für die Welt. Mit der anderen Hand lässt sie Wasser aus einer Vase fließen – als Zeichen für ihr Mitgefühl und die universelle Liebe, die sie unablässig für das Wohl der Welt verströmt.

Auf dem höchsten Platz im Nava Disa fand eine Statue des lehrenden Buddha ihren Platz. Sie wurde in den Bergen nördlich von Bangkok aus hellem Stein gemeißelt. Der Buddha strahlt eine besänftigende Ruhe aus. Die offene Stellung der Hände symbolisiert die Weitergabe seiner tiefen Weisheit und seines vollendeten Wissens an die Menschheit.

Von der Sala ausgehend, legte ich einen Weg zu einem Muschelwasserfall an, der mit flachen Mekongsteinen geschmückt ist. Große Muscheln aus dem Süden Thailands ordnete ich versetzt in Stufen an, um das fließende Wasser von einer Muschel zur anderen weiterzuleiten. Dieser Platz dient auch zu Energiefeldreinigungen. Während ich chante, fließt Wasser aus einer großen Langhalsmuschel an der Rückseite des Brunnens auf die betreffende Person und überträgt neue Energien, die alte Strukturen mit hinwegspülen.

Ein Bodhi-Baum wächst zwischen den beiden Hälften des Wasserfalls, der in einen steinernen Lotos gesetzt ist. Irgendein Vogel muss den Samen eines Tages dorthin gebracht haben, und seither strebt der Baum zum Licht empor – die gleiche Baumart, unter der Buddha einst seine Erleuchtung realisiert hatte.

Mit der Zeit nahm auch die Meditationssala weiter Gestalt an. Morgens fällt das erste Sonnenlicht durch die großen Fenster. Zwei Nagas schützen den Buddha. Zur Linken steht die Statue der Kuan Yin vor einem Bodhi-Baumblatt aus Holz, auf der Rechten eine goldene Spirale, die aufwärtsführt – ein Symbol des Weges aus vorhandenen Strukturen heraus. Auf dem Boden laufen die acht Himmelsrichtungen zu einer geschlossenen Lotosblüte zusammen, die nach oben zeigt. Nava Disa – die Neun Richtungen …

Und so wuchs und wächst das Nava Disa mit jedem Atemzug, gleich der Natur in der Regenzeit, wenn alles sprießt und gedeiht und neue Wurzeln schlägt.

9

Während meiner Zeit in Singapur war meine Firma zur Schnittstelle zwischen Ost und West geworden. Spätabends war ich durch die Straßen geschlendert, hatte auf Plätzen gesessen und war mit Menschen aller Nationen ins Gespräch gekommen. Ich hatte auch Kurse belegt in Unternehmensführung, Marketingstrategien und vielem mehr. Doch nahegekommen war ich den Menschen, mit denen ich arbeitete und Geschäfte schloss, allein durch die praktische Erfahrung und direkte menschliche Beziehung.

Als Mönch hatte ich es ähnlich gehalten. Gewiss hätte ich auch in einen internationalen Tempel gehen und – wie es allgemein üblich war – für fünf Jahre unter der Anleitung eines Lehrers meditieren können. Ich hatte mich nicht bewusst gegen einen solchen Weg entschieden, sondern mich vom Fluss des Lebens tragen lassen.

Als ich den Namen der Insel Don Savan gehört hatte, war es mir, als hätten sich alle Schleusen geöffnet ... als hätte ich schon immer darauf gewartet, dorthin zu kommen. Und so hatte ich nichts weiter als Buddhas Worte im Herzen und die Natur um mich herum gehabt und meine Erfahrungen selbst gemacht. Direkte Erfahrungen. Wahrheit muss man direkt in sich selbst erfahren. Und um sie zu erfahren, muss man Raum in sich schaffen, der das Neue aufzunehmen vermag. Nicht wertend, nicht urteilend, offen, ohne Überlagerung; jenseits des Verstandes.

Das Nava Disa öffnete sich gleich einem Lotos, je mehr ich es für andere Menschen zugänglich machte. Noch immer war Wald um mich herum, die Natur mit ihren starken und zugleich unterstützenden Energien, der Schutz eines Ortes, der sich dem Leben mit seinen nicht sichtbaren Kräften anvertraute.

Wir bauten einen Bungalow und bald auch einen zweiten und dritten, die all den Komfort bieten, den Menschen in Europa gewohnt sind. Auch das war ein Teil des Weges, den es zu bereiten galt: anderen Menschen die Entscheidung zu erleichtern, sich von ihrem hektischen Umfeld und der damit verbundenen Lebensweise zurückzuziehen, ohne gleich mit dem ersten Schritt eine allzu große Hürde nehmen zu müssen. Nicht jeder braucht meinen Weg zu gehen und für Jahre allein auf einer Insel zu leben. Durch Buddhas Lehre erfuhr ich Wahrheit. Wahrheit ist wahr – es gibt keine Wahrheit, die wahrer ist. Ich folgte keiner Religion; ich praktizierte, suchte und fand in mir selbst.

Buddhas erste noble Wahrheit besagt, dass unser Leben auf dieser Welt im Grunde unbefriedigend ist, auch wenn es uns nicht immer so erscheinen mag. Die Vergänglichkeit der Dinge ist allgegenwärtig, zeigt sich in jedem Atemzug. Die Zeit bleibt nie stehen, und wir verändern uns stetig und immerfort, ohne es bewusst wahrzunehmen. Wenn wir sterben – zu dem Zeitpunkt also, an dem die Summe der momentanen Vergänglichkeiten ihren vorläufigen Höhepunkt erreicht –, gehört nichts wirklich uns; wir können nichts mitnehmen.

Die Gründe dafür, weshalb es zu diesem unbefriedigenden Zustand überhaupt erst kam, kann jeder nur in sich selbst finden.

Das Werkzeug und die Methode, diesen Zustand zu ändern, gibt uns Buddha in der Form des achtfachen noblen Weges an die Hand. Dadurch wird es uns ermöglicht, klares Wissen und tiefe Weisheit zu erlangen, frei zu werden von der momentanen Vergänglichkeit und allen damit verbundenen Unsicherheiten. So können wir mentale Freiheit realisieren, die uns unabhängig macht von den Stürmen des Lebens.

10

Zehn Jahre waren seit meiner Ordinierung vergangen, und nach der Hierarchie der Mönche wurde ich zum Thera – einem Älteren –, der mit einem Meister gleichzusetzen war.

Natürlich hätte ich nach wie vor der Tradition der Mönche in Thailand folgen können, doch ich spürte, dass eine weitere Veränderung anstand.

Schon des Öfteren war ich nach Deutschland eingeladen worden, um Vorträge zu halten. Buddhas Lehre ist für alle auf dieser Welt praktizierbar – egal, welchen kulturellen Ursprung sie haben oder wie unterschiedlich sie auch sein mögen.

Durch meine Herkunft war ich in einer Position, die erneut eine Möglichkeit bot, zur Schnittstelle zwischen Ost und West zu werden. In mir selbst verbanden sich beide Welten: die Ratio des Abendlandes und das tiefe Wissen der Lehre Buddhas.

Ich hatte ein Floß gebaut und war ans andere Ufer gekommen. War es nicht sinnvoll, das Floß nicht zu vertäuen oder es gar zerfallen zu lassen, sondern es all denen zur Verfügung zu stellen, die genau wie ich damals nicht länger nur glauben, sondern wirklich wissen wollten?

Ich war gern bereit, mein erarbeitetes Wissen auch Menschen in Europa zur Verfügung stellen, doch mit der Mönchskutte und den zweihundertsiebenundzwanzig Regeln würde sich eine Vortragsreise durch Europa schwierig gestalten. Zu groß sind die kulturellen Unterschiede und zu strikt die Mönchsregeln, um ein »normales« Reisen in Europa zu gewährleisten. Mir war nicht erlaubt, nach Essen zu fragen. Ich hätte auch in keinem Hotel übernachten dürfen. Da ich auf mich allein gestellt war und keiner buddhistischen Organisation angehörte, blieb mir als Mönch im Ausland nur wenig Handlungsspielraum.

So entschloss ich mich, meine Mönchskutte abzulegen. Auch das Mönchsein war nur eine – wenn auch wichtige – Etappe in meinem Leben. Die Kutte war eine stetige Erinnerung für mich selbst, zu praktizieren; diese Erinnerung brauchte ich längst nicht mehr. Wenn das Wissen sich tief verankert hat, ist jede Handlung permanent davon durchströmt. Nichts setzt sich mehr fest, jeder Eindruck wird in dem Augenblick losgelassen, in dem er entsteht. Ich war nicht länger das Denken, das Fühlen; ich war ihrer gewahr.

In Thailand gestaltet sich das Ablegen der Mönchsrobe ohne große Zeremonie und Aufwand. Man begibt sich zu einem höheren Mönch und sagt ihm, dass man sich der Robe entledigen wolle.

Ich forcierte die Entscheidung nicht und zögerte sie auch nicht hinaus. Irgendwann war es so weit; ich spürte, dass der rechte Tag gekommen war.

So fuhr ich nach Sakon Nakhon, suchte meinen Abt auf und trug ihm mein Anliegen vor. Dabei verspürte ich den Wunsch, dass der Luang Phor Gong mich verstehen möge, denn ich hatte ein inniges Verhältnis zu ihm, und wir hatten uns in vielen Belangen ausgetauscht.

Als ich nun zu ihm kam, legte ich im Einzelnen dar, was mich in den vergangenen Monaten beschäftigt hatte, und erzählte ihm, dass ich vorhätte, mein Wissen ins Ausland zu tragen, um es auch den Menschen in Europa zugänglich zu machen. Das war schwer zu vereinbaren mit der Almosenrunde und all den anderen Regeln, denen ich mich überantwortet hatte. Schließlich sprach ich es aus – und sagte ihm, ich wolle mich der Robe entledigen.

»Mach das«, lautete seine schlichte Antwort, »geh deinen Weg weiter.« Es schien, als hätte er längst gewusst, was der Grund meines Besuchs war.

Und so legte ich die Robe ab und zog weiße Kleider an.

Der Mönch Ophaso war der Bedeutung seines Namens gefolgt und hatte Wissen erlangt. Im Anklang an einen alten chinesischen Meister, der mehrere Werke über Buddhas Lehre geschrieben und diese kommentiert hatte, nahm ich den Namen Han Shan an, was übersetzt »großer Berg« bedeutet.

Sodann machte ich mich auf den Weg ins Nava Disa.

Später saß ich eine Weile am oberen See. Ich hatte lange Jahre daran gearbeitet, hart gearbeitet, Wissen zu erlangen und in mir zu verankern. Nun war ich nicht länger Mönch …

Ich ließ den Blick über das Gelände wandern. Jeder Stein, den ich mit meinen eigenen Händen gesammelt hatte, jeder Gedanke, der sich damit verband, war nur darauf ausgerichtet gewesen, einen Platz zu schaffen, um das, was ich erfahren hatte, weitergeben zu können.

Wer immer hierherfinden würde und das Bedürfnis in sich trug, tiefes Wissen, Kraft, Klarheit und universelle Weisheit in sich zu verankern, sollte willkommen sein. Buddha hatte nie verlangt, dass man ihm folgen oder glauben sollte. Wer bereit ist, wird vom Fluss des Lebens zur nächsten Etappe seiner Reise getragen. Und wer immer innerlich bereit wäre, mein Wissen für sich selbst zu nutzen, würde den Weg zu mir finden – auch wenn sich das Stück Land tief im Isaan verbirgt.

Meine Gedanken schweiften in die Vergangenheit. Ein Mann war am Steuer eingeschlafen. Sein Laster war ausgeschert, mein Wagen hatte sich überschlagen – und ich war aufgewacht. Glück im Unglück – welch seltsames Wortspiel.

Als ich begriffen hatte, dass ich nichts wusste, hatte ich den ersten Schritt gemacht zu innerer Freiheit und wahrem Glück. Ein Schritt, den wir alle tun können.

Und letztlich ist es wohl mein kleiner Beitrag zum großen Ganzen, den Menschen auf der Welt neue Horizonte zu zeigen, die sie in sich selbst eröffnen können.

Die Perle des Glücks, nach der wir alle suchen, liegt in jedem Einzelnen von uns verborgen – auch wenn wir es nicht wissen. Wir haben sie immer bei uns. Wir müssen es nur bei uns selbst zulassen, dass ihr wahrer Glanz zum Vorschein kommt.

Nachwort

Vier Jahre sind vergangen, seit ich meine Mönchsrobe abgelegt habe. Noch immer schlafe ich in der kleinen Hütte am Rand des Grundstücks und höre des Nachts den Wind in den Bäumen rauschen. Mein erster Gang am Morgen führt mich zu dem kleinen Altar, den ich errichtet habe, nachdem ich auf dieses Stück Land kam. Dort steht der Buddha vom See, und wann immer ich niederknie und meine Augen schließe, weiß ich, dass auch das Nava Disa nur eine Etappe auf meinem Weg ist.

Wenn wir eine Reise machen, sind wir oft versucht, an einem derart begnadeten Fleckchen Erde anzuhalten und zu verharren. Wir denken, wir sind schon da, wo der Fluss des Lebens uns hintragen sollte. Doch dies ist nichts weiter als eine Illusion.

Loslassen – das Geheimnis ist loszulassen. Den Schmerz, die Freude, das Sein …

Danksagung

Im Verlauf meines Lebens kam ich mit vielen Menschen in Berührung, die mein Dasein auf dieser Welt auf irgendeine Weise beeinflusst haben.

Ausgehend von meiner Geburt und meiner Jugend hin zur Zeit nach meiner Auswanderung, als Geschäftsmann, beim Mönchwerden, auf der Insel, beim Aufbau des Nava Disa und nicht zuletzt beim Erstellen des Buches gab es viele hilfreiche Hände. Es ist schwer und erscheint mir ungerecht, einzelne Menschen aus der Fülle von Energiekombinationen herauszusondern und namentlich zu erwähnen. Deshalb möchte ich meine Danksagung an alle richten, die bewusst oder unbewusst zum Lauf der Dinge beigetragen haben, damit alles so geworden ist, wie es jetzt ist.

Jeder war auf seine eigene Art wichtig.

Die Energien aller Beteiligten – sichtbar oder nicht sichtbar – haben letzten Endes auch dazu geführt, diese Zeilen zu Ihnen zu bringen.

Möge ein jeder die Fähigkeit erlangen, die Perle des Glücks in sich selbst aufzudecken.

Han Shan
Nava Disa, im Sommer 2009

Anhang

Der Blick nach innen – Aufmerksamkeitsübung

Die vier Punkte der Aufmerksamkeit

1. *Der Körper*
- Haltung
- Berührungspunkte wahrnehmen (Wahrnehmung von Kopf bis Fuß und zurück)

2. *Die Grundstimmung*
- Achtsamkeit auf den unterliegenden Gemütszustand

Vorbereitung auf Übung 3 *und* 4
Mentale Verankerung durch Konzentration auf das Heben und Senken der Bauchdecke beim Atmen
Mentale Notiz: *Heben, Senken*

3. *Die Gefühle*
- Achtsamkeit auf alle auftretenden Gefühle, auch auf Schmerzgefühle

Neutrale Bestätigung des Festgestellten durch dreimaliges mentales Wiederholen *(fühlen, fühlen, fühlen)*

4. *Die Gedanken*
- Achtsamkeit auf alle auftretenden Gedanken
- Achtsamkeit auf alle Sinneswahrnehmungen

Neutrale Bestätigung des Festgestellten durch dreimaliges mentales Wiederholen *(z. B. denken, denken, denken; hören, hören, hören; sehen, sehen, sehen; riechen, riechen, riechen)*

Generell: Alle Feststellungen sollen ohne Wertung, neutral und ohne sich damit zu identifizieren gemacht werden. Meditieren Sie so lange, wie es sich angenehm für Sie anfühlt.

Loving Kindness

May all beings,
Wherever they are,
Whatever they might do,
Whatever form, shape or size they might have,
Visible or invisible,
Living near or living far,
In any of the ten directions,
May all of them without exception,
Be happy hearted,
May they find it easy to care for themselves,
May they be free from suffering,
May they be free from enmity and hate,
May they achieve the highest bliss,
May they follow the teachings of the Buddhas,
To find the way out of samsara, the circle of re-birth.

Nava Disa – das Retreat

Im Nordosten Thailands inmitten einer unberührten Landschaft nahe dem mächtigen Mekong entstand das Nava Disa, ein Retreat-Zentrum, das jedem offensteht, der tiefes Wissen und Verständnis in sein Leben integrieren möchte.

Die außergewöhnliche Atmosphäre des Ortes mit seinen harmonisch in die Natur eingefügten Meditationsinseln, Pavillons, Teichen und Wasserfällen schafft eine energetisch unterstützende Umgebung, die eine geistige Öffnung fördert und die Entfaltung tiefer Weisheit in Gang setzt. Der Rückzug von der Außenwelt hilft, die Energien auf das innere Wachstum zu lenken.

Während des morgendlichen und abendlichen Chantings, der folgenden Meditationen, der Gespräche mit Master Han Shan und der Energiefeldreinigungen wird jeder Einzelne individuell angeleitet, um seine eigene verborgene Weisheit und Kraft freizusetzen und gewinnbringend in seinem Leben anzuwenden.

Nava Disa Retreat Center
P.O. Box 10, Kusuman
Sakon Nakhon 47210, Thailand
www.Navadisa.com

Ein Bild aus längst vergangenen Tagen – mit Samdet Fui Yin, der mir damals schon voraussagte, dass ich Mönch werden würde.

In meiner Firmengruppe versuchte ich, die Prinzipien eines energetischen Managements anzuwenden – zum Erfolg aller Beteiligten.

Mein Jaguar XJ6 nach dem Unfall.

Mit einem Moskitozelt, einem Gaskocher und einem Vorrat Instant-Nudeln erreiche ich die Insel des Himmels, Don Savan.

Vipassana Meditation: mit geschärfter Aufmerksamkeit nach innen schauen.

Übersetzen nach Don Savan nach einem kurzen Besuch bei anderen Mönchen.

Ein frisch verheiratetes Brautpaar legt mir Gaben in die Bettelschale, um sich durch ihre gute Tat Verdienste an ihrem Ehrentag zu erwerben.

Sie begeben sich in die Hocke, um den Segen meines Chantings gebührend zu empfangen.

Endlich habe ich das gefunden, nach dem ich immer gesucht hatte.

Viele Einheimsche finden ihren Weg zum exotischen *Phra Farang*, um sich segnen zu lassen.

Mein jetziger »Bungalow« in Nava Disa.

Kuan Yin. (Mitte links)

Meine erste Hütte in Nava Disa. (Mitte rechts)

Der Meditationssaal.

Ich zünde die erste Kerze bei einer Lichterzeremonie an.

Bald erhellen viele Kerzen die Dunkelheit der Nacht.

Ein paar Eindrücke aus Thailand:

Thailändische Bauern am Nong Han See.

Drachenkopf in Nakhon Phanom.

Buddha-Statue in Wat Phra That Phanom. Im Hintergrund die Chedi, in der Buddhas Brustbein aufbewahrt wird.

Beim regelmäßigen Chanting im Meditationssaal.

Heute leite ich das Nava Disa Retreat Center und halte Vorträge in Europa, um mein Wissen und meine Erkenntnisse mehr Menschen zugänglich zu machen.